Hans-Gert Herberz

...und weckt den leisen Strom von Zauberklängen!

Wundersame und geheimnisvolle
Märchen
und
Erzählungen

Inhalt:

Teil I

Ein Weihnachtsabend im Berchtesgadener Land

1. Komplott des Teufels

2. Gefangen im Reich von „König Watze"

3. Die „Weiße Frau"

Teil II

Erzählungen zwischen Tag und Traum

1. Der Köhler und die Prinzessin

2. Die Erlösung der traurigen Prinzessin

3. …und die Liebe siegt doch!

Teil 1

Ein Weihnachtsabend im Berchtesgadener Land

Der Himmel zeigte in verschwenderischer Pracht sein Sternenkleid, hatte es extra für diese Heilige Nacht aufpoliert. All überall herrschte fromme Friedsamkeit und der Mond war zu Ehren der Geburt des Kindes im Stall in seiner ganzen Fülle erschienen, tauchte Berge, Häuser, Bäume, Sträucher und Felder in pures Silber. Die Welt war wie verzaubert.

Fast überall an den Hängen des großen Talkessels strahlten vor den Bergbauernhöfen die beleuchteten Weihnachtsbäume, und aus den Fenstern drang festliches Licht. Es war ein Abend wie geschaffen für Wunder, die im ganzen Jahreskreis nur in dieser einen, heiligen Nacht passieren könnten.

In seinem Häuschen in der Schönau hatte es sich der alte Dorfschulmeister in seinem alten Ohrensessel gemütlich gemacht. Er hatte ihn aus der Ecke vor das große Fenster gerückt, dessen

Gardinen beiseite geschoben waren. Vor ihm lagen im Licht der Sterne in all ihrer kalten Pracht die Berge Kehlstein, Brett, Göll und natürlich der Jenner.

Er liebte diesen Blick zu den Almen und hochgelegenen Bergbauernhöfen und konnte sogar die Lichter den einzelnen Höfen zuordnen. Auf jedem Hof und in jeder Kate war er während seiner langen Dienstzeit schon gewesen, um seine Schüler zu besuchen und um sich ein Bild ihrer Lebensumstände machen zu können. Und er hatte wohl gesehen, dass manches Kind auf dem Hof schwere Arbeit verrichten musste, so dass es nicht verwunderlich war, dass manchmal die Augen in der Schule zugefallen waren. Die Schule war oft der einzige Ort, an dem sie einmal Ruhe fanden.

Er sah jetzt die Stuben vor sich. Die einen waren ärmlich, weil der Ertrag des kleinen, steinigen Ackers steil am Berg gerade für den Lebensunterhalt der vielen Mäuler reichte, die gestopft werden mussten, die anderen prächtig, weil sie tiefer lagen und ihre Äcker fruchtbarer waren und auch der Wald noch einen üppigen Ertrag brachte.

Doch in allen Stuben stand heute der Christbaum mit seinen Kerzen im Mittelpunkt. Und in jedem Haus und in jeder Hütte standen die Kinder mit glänzenden Augen vor dem Lichterbaum und das Geheimnis der Christnacht griff allen ans Herz.

Der alte Lehrer lächelte still vor sich hin. So hatte auch er einmal als Kind vor dem Baum gestanden, hatte mit großen Augen die sorgfältig aufgebaute Krippe bestaunt, die der Vater jedes Jahr mit selbstgeschnitzten Figuren etwas erweitert hatte, und die mit ihren Tieren und Hirten, mit Brunnen und Holzstall fast eine ganze Ecke der Wohnstube eingenommen hatte. Herrliche Düfte hatten das Haus durchzogen, wenn die Mutter in der Küche das traditionelle Weihnachtsessen zubereitet hatte, und jetzt noch, nach so vielen Jahren, glaubte er den herrlichen Duft in der Nase zu haben. Sein Großvater, der bei ihnen im Haus wohnte, hatte sich in die Ecke mit seinem Ohrensessel zurück gezogen, mit den Kindern zu seinen Füßen.

Wenn auch die Erwachsenen so taten, als ob sie so ein „Kinderkram" wie Märchen nicht interessierte, hatten sie doch erwartungsvoll hinüber geschaut.

Der Großvater würde wieder eine seiner Geschichten erzählen aus alter Zeit, von Schurken und Helden, von guten und bösen Geistern, von Hexen und Zauberern und vom Glück, das einer fand und vom Unglück des anderen.

Dem alten Lehrer in seinem Sessel vor dem großen Fenster waren diese Weihnachtsabende so gegenwärtig, als wären sie erst gestern gewesen und im Sausen des Windes glaubte er die Stimme seines Großvaters zu hören.

Komplott des Teufels

„In einem kleinen Häuschen am Rande des Dorfes Marzoll, das jenseits des wilden Lattengebirges fast schon im Österreichischen liegt, lebte einst ein armer Handwerksgeselle, der sich gegen Tagelohn verdingte und so ein ärmliches Leben fristete. Er richtete mal hier in einem Bauernhaus einen Schornstein, den der Wind abgerissen hatte, mal wurde er ins Pfarrhaus gerufen, um ein Fenster abzudichten, durch dessen Ritzen der Ostwind seinen kalten Atem hindurch blies. Sogar im Schloss hatte er schon mehrmals kleine Aufträge erledigt und auch in der armen Kate der Witwe, die sich mit ihren drei Kindern allein durchschlagen musste.
Überall war er wegen seines Geschicks bei allen Tätigkeiten sehr beliebt und hoch gelobt.
Eines Tages trat ein Mann in die kleine Werkstatt des Handwerkers. Etwas außerordentlich Bedrohliches ging von ihm aus, und das kam nicht nur von seiner ganz und gar schwarzen Kleidung, sondern auch von seiner gebieterischen und kalten

Stimme und seiner herrischen Körperhaltung.

< Du musst mir einen Kasten aus schwerem Eichenholz machen, das mein Diener am Nachmittag bringen wird. Der Kasten muss ganz sorgfältig gearbeitet sein, damit er luftdicht schließt. Er darf nur verzapft sein und absolut kein Nagel oder sonstiges Eisen darf als Hilfsmittel benutzt werden". > Auch die Größe gab er auf das Genaueste an und dem Handwerker lief ein Schauer den Rücken hinunter, als er merkte, dass die Maße denen eines Sarges ähnelten.

Man einigte sich noch auf einen großzügigen Lohn, und nachdem das Holz von einem vierschrötigen Kerl mit einer Narbe quer übers Gesicht gebracht worden war, begab sich der Handwerker wie unter einem Zwang an sein Werk, als wolle er diesen Auftrag möglichst schnell erledigen, um den unheimlichen Auftraggeber los zu werden. Er arbeitete mit äußerster Sorgfalt und sein Werk gelang ihm so akkurat, dass man nur bei sehr genauem Hinsehen den feinen Ritz des Deckelansatzes erkennen konnte. Der oberflächliche Betrachter hätte denken können, einen soliden Holzblock vor sich zu haben.

Der Diener mit der hässlichen Narbe holte den Kasten zur vereinbarten Zeit ab, legte wortlos den großzügigen Geldbetrag auf die Werkbank und verließ grußlos das Haus, ohne auf die Fragen des Handwerkers, wofür der Kasten denn gedacht sei, reagiert zu haben. Ein stechender Blick seiner pechschwarzen Augen hatte den jungen Handwerker schnell verstummen lassen.

Froh, die unheimliche Kundschaft los zu sein, widmete sich der junge Mann wieder seinen anderen Arbeiten, die derweil liegen geblieben waren, und er hatte bald dieses unliebsame Zwischenspiel vergessen.

Doch als er an einem Herbstabend von einem Auftrag in der nahen Stadt zurückkehrte, sah er schon von weitem den schwarzen Wagen mit den zwei Rappen vor seinem Haus stehen. Eine Gänsehaut kroch ihm über den Rücken, besonders als er den narbengesichtigen Diener sah, in einen schwarzen Umhang gehüllt, wie eine Statue reglos und bedrohlich auf dem Kutschbock. Wie lange mochte er so schon gesessen haben?

Als der junge Mann sich nun seinem Haus näherte, öffnete sich die Tür der Kutsche wie von Geisterhand und die massige Gestalt des Schwarzgekleideten verließ die Kutsche und betrat ohne ein Wort der Begrüßung die Hütte.

Wenige Augenblicke später polterte der Diener mit dem Eichenholzkasten durch die Tür und wuchtete das Meisterwerk auf den Werktisch.

< Du musst mir zwei schwere eiserne Bänder um den Kasten fertigen und Laschen für zwei Schlösser zu deren Verschluss. Die Arbeit muss noch über Nacht passieren und ich werde meinen Diener hier lassen, um sicher zu sein, dass du dich sofort an die Arbeit machst. Und merke dir eines ganz genau: Du darfst den Kasten auf keinen Fall öffnen, egal was passiert! Mein Diener hier wird dies unter

allen Umständen und mit allen, mit wirklich allen Mitteln, zu verhindern wissen. >

Völlig eingeschüchtert machte sich der junge Mann an die Arbeit, hämmerte und kantete die schweren Eisenbänder so genau, dass schließlich die Überfalllaschen wie von selbst in die richtige Position fielen. Er wollte gerade sein Werk vollenden und die schweren Vorhängeschlösser einschnappen lassen, die zu seinem Erstaunen kein Schlüsselloch hatten, um sie wieder zu öffnen, als er ein unheimliches Stöhnen hörte, das ihn zurückzucken ließ. Er schaute sich ganz vorsichtig um, konnte aber nichts entdecken, was dieses Geräusch verursacht haben könnte.

Vielleicht war es ja der Wind gewesen?

Wieder legte er die Hand an das erste Schloss und wieder kam – diesmal noch deutlicher – das Stöhnen. Seine Nackenhaare sträubten sich, und seine Hände begannen zu zittern.

Kam das Geräusch etwa aus dem Kasten?

Wieder machte er einen Versuch, die Schlösser zu schließen und wieder geschah das Gleiche. Jetzt war er sich sicher, dieses Stöhnen musste aus dem Kasten kommen.

Sollte er trotz des ausdrücklichen Verbots den Kasten öffnen?

Aber während er noch zögerte, griff plötzlich eine schwere Hand an ihm vorbei, und die Krallenfinger seines Aufpassers drückten die Schlösser zu, die mit einem harten Klicken einrasteten. Das Stöhnen verstummte.

Sein unheimlicher Bewacher drückte ihm ein Goldstück in die Hand, lud sich den schweren Kasten wie ein dünnes Brett auf die Schultern und verschwand.

Lange noch konnte sich der junge Handwerksbursche nicht rühren. Er starrte auf die Tür, durch die das Grauen verschwunden war. Nur mühsam fand er an den folgenden Tagen zu seinem Tagwerk zurück. Immer wieder, vor allem nachts, hörte er das erbärmliche Stöhnen.

Tage, Wochen, ja der ganze Herbst waren mittlerweile vergangen und der Winter hatte mit aller Macht Einzug gehalten im kleinen Dorf. Der Schnee türmte sich auf den Dächern der Häuser, sodass sie einzustürzen drohten. Der Wind raste mit fürchterlichem Heulen durch die Straßen und alle Vegetation war in diesem Eishauch erstarrt.

Zu den Schrecknissen des Winters kam dann plötzlich zu seinem maßlosen Entsetzen nun ein neues hinzu. Die Tür zum kleinen Häuschen wurde eines Tages mit Wucht geöffnet, sodass sie gegen die Wand schlug. Schnee peitschte hinein und bedeckte den Boden augenblicklich mit einer weißen Puderschicht. Die schweren Stiefel des schwarzen Mannes hinterließen deutliche Spuren, als er durch die Tür polterte.

Die schwarze Gestalt blieb unmittelbar vor dem Jüngling stehen.

< Du musst mir noch einen Kasten machen, und er muss genauso sorgfältig gearbeitet sein wie der erste, eher noch sorgfältiger.

Gib dein Bestes, ich werde dich fürstlich belohnen. >

Damit verließ er das Haus und als er vor die Tür trat, hielt sogar der tosende Wind für einen Augenblick seinen Eisatem ein und verstummte.

Das Grauen griff dem Jüngling mit Stahlklammern nach dem Herzen.

Sollte er etwa noch einmal das Gleiche erleben wie damals?

Und da Angst kein guter Handwerker ist, musste er sich immer wieder aus seinen Gedanken losreißen, um seine Arbeit konzentriert und - wie von ihm ja ausdrücklich erwartet - mit der notwendigen Sorgfalt auszuführen.

Auch diesmal gelang ihm trotz allem der Kasten meisterhaft und die Entlohnung war fürstlich.

Und auch diesen Kasten sah er nach einigen Tagen ein zweites Mal, als er, wieder unter Bewachung, Eisenbänder darum befestigen musste mit nicht wieder zu öffnenden Schlössern.

Das Schlimmste aber war, dass das unheimliche Stöhnen auch jetzt wieder zu hören war, eindringlicher als beim ersten Kasten. Es war so durchdringend und herzzerreißend, dass er mit den Händen seine Ohren zuhielt und nicht in der Lage war, die Bügel der Schlösser einrasten zu lassen.
Unsanft wurde er beiseite geschoben, und wieder vollendete die Klauenhand das Werk.
Am Ende seiner Kräfte verharrte der Jüngling starr auf seinem Hocker an der Werkbank.
Die Goldstücke beachtete er nicht, wollte sie noch nicht einmal berühren. Er ließ sich auf sein Bett fallen und schlief drei Tage und drei Nächte wie tot. Selbst als er aufwachte, fühlte er sich nicht frisch und zu neuen Taten bereit, weil das grauenvolle Stöhnen ihm immer wieder ins Gedächtnis kam, so als wenn jemand verhindern wollte, dass er es vergaß.

Nur mühsam fand er wieder in den Alltag zurück, und anfänglich ging ihm seine Arbeit kaum von der Hand.

In der Furcht, dass die Spukgestalten wieder erscheinen würden, verging der Winter mit Eis und Schnee, und als der junge Handwerker zu Beginn des Frühlings wieder zu einigermaßen normalem Leben gefunden hatte, stand plötzlich wieder der Teufel in Menschengestalt in der Tür, gefolgt von seinem narbengesichtigen Diener, der mehrere Bretter pechschwarzes Ebenholz auf die Werkbank legte.

< Du musst mir noch einen letzten Kasten bauen, aus Ebenholz diesmal, ausgeschlagen mit königsblauem Samt. Wenn alles zu meiner Zufriedenheit gelingt, hast du dein Glück gemacht, wirst du mehr Geld haben, als du jemals ausgeben kannst. >

Trotz dieser für den armen Burschen vielversprechenden Aussicht wäre er lieber arm geblieben, wenn er die schwarze Brut nur los geworden wäre. Wie in Trance machte er sich an die Arbeit. Er werkelte ohne Unterbrechung, weil an Schlaf sowieso nicht zu denken war, und von allen drei Kästen gelang ihm dieser am besten. Dies war das Meisterstück.

Wovor er sich schon gegraut hatte, trat auch diesmal wieder ein. Nach einem Tag schon stand der schwarze Kasten wieder vor ihm, um mit Bändern versehen zu werden.

Immer wenn er sich beim Arbeiten dem Kasten näherte, um zum Beispiel Maß zu nehmen für die Knicke in den Bändern, hörte er das erbärmliche Stöhnen und Wimmern und mehrmals glaubte er sogar, eine feine Stimme zu hören, die ihm zurief:

< Rette mich, befreie mich, hol mich heraus! >

Wie sollte er es nur anstellen, trotz der Bewachung durch den finsteren Gesellen, den Kasten zu öffnen? Er war so von Sinnen und von Angst und Grauen geschüttelt, dass er nicht mehr klar denken konnte.

Doch jetzt kam ihm das Schicksal zur Hilfe.

Der narbengesichtige Kerl hatte bemerkt, dass das Herdfeuer heruntergebrannt war, hatte die Ofentür geöffnet, um einige Scheite nach zuwerfen, Da schoss ihm plötzlich eine Stichflamme ins Gesicht. Er riss die Hände als Schutz vor die Augen und rannte aus der Hütte zum nahen Bach um sich abzukühlen.

Jetzt war endlich die Gelegenheit den Kasten aufzustemmen. Er setzte den frisch geschliffenen Beitel an und drückte ganz vorsichtig den Deckel hoch, jeden Moment mit etwas Fürchterlichem rechnend.

Doch der Kasten war leer. Nur ein Windhauch streifte sein Gesicht, als er sich erstaunt darüber beugte.

Eine grobe Hand riss ihn herum, und er spürte plötzlich die Krallenfinger um seinen Hals.

Er machte sich schon auf sein Ende gefasst und dachte schon er sei verloren. Doch plötzlich wurde der Narbengesichtige von einer unsichtbaren Kraft durch den Raum geschleudert, als wenn er ein Spielzeug wäre. Er wollte sich gerade fluchend wieder aufrappeln, um sein Zerstörungswerk zu vollenden, da wurde er von einem Lichtstrahl umhüllt. Flämmchen züngelten überall an seinem Körper hoch. Unter unmenschlichem Kreischen und wütendem Gebrüll verzerrten sich seine Gesichtszüge dann allmählich zu einer schauerlichen Fratze, deren Haut sich dann im heißen Dampf zusammenzog und ein grausiger Totenkopf sichtbar wurde.

Auch mit dem restlichen Körper geschah die gleiche grauenhafte Verwandlung. Die Kleider waren im Nu verbrannt, die schwelende Haut war über und über mit Blasen bedeckt. In einem letzten Aufflackern der Flammen und in einem aberwitzigen Crescendo von Schreien und Zischen zerfiel alles. Was vorher einmal wie ein Mensch ausgesehen hatte, löste sich schließlich in Rauch auf. Außer einem kaum zu ertragenden Gestank war alles einfach verschwunden. Nichts war mehr von ihm zu sehen.

Der junge Mann stand wie versteinert da und starrte wie gebannt auf diesen abscheulichen Vorgang.
Seine Augen und sein Mund waren weit aufgerissen vor Entsetzen. Plötzlich spürte er an der Schulter eine leichte Berührung, ganz sacht, fast wie die Berührung eines Schmetterlingsflügels. Seine Sinne waren so auf Entsetzliches geschärft, dass er augenblicklich herumschnellte und die Fäuste zur Abwehr hochriss. Er glaubte, dass der Herr dieser abscheulichen Kreatur, die soeben verendet war, gekommen sei, um ihn zu holen, sich an ihm für das, was seinem Diener widerfahren war, zu rächen. Doch er sah nur einen Schemen vor sich, ein helles, durchsichtiges Etwas, das eher einem Nebel als einer menschlichen Gestalt glich. Gleichzeitig spürte er die ungeheure Kraft, die von diesem Etwas ausging und die der Narbengesichtige ja schon zu spüren bekommen hatte. Ohne zu sprechen, übermittelte „es" ihm eine Botschaft. Er wusste plötzlich tief in seinem Inneren, wer

das undefinierbare Wesen war. Es war die Seele der Comtesse Justine, von der unter großem Wehklagen im ganzen Land erzählt wurde, dass sie auf den Tod liege. Das war für das Land eine große Katastrophe, besonders weil ihr Vater, der Graf und Burgherr, und ihr Bruder, der sein Nachfolger gewesen war, auf mysteriöse Weise kurz hintereinander in die gleiche Todesstarre gefallen waren, wie jetzt auch die Comtesse. Beide waren nach kurzer Zeit gestorben.

Alle Untertanen fürchteten, dass die sehr beliebte Comtesse auch sterben würde, und dann das Land dem Zugriff jedes Dahergelaufenen schutzlos preisgegeben sei.

Wie unter einem Zwang verließ der Retter jetzt seine Hütte und lief zum Schloss. Er war sich dabei zu jeder Zeit sicher, dass er die Seele der Comtesse in irgendeiner Form mit sich nahm.

Als er schließlich die herrschaftlichen Gemächer betrat, nachdem die Wachen wie durch ein Wunder stocksteif stehen geblieben waren und ihm, dem einfachen Handwerksburschen, den Zutritt nicht verweigert hatten, ging in der zuvor wie tot liegenden Comtesse eine wundersame Veränderung vor sich.

Sie schlug plötzlich die Augen auf, lächelte alle Umstehenden an, setzte sich auf und verließ dann das Bett, als ob sie sich nur zu einer kleinen Mittagsruhe hingelegt gehabt hätte.

Sie bat ihren Retter sich zu ihr zu setzen, und nachdem sie alle anderen Anwesenden und auch die Leibärzte hinaus geschickt hatte, erklärte sie dem staunenden Retter, was passiert war.

< Ich danke Dir, dass Du mich befreit hast, bevor ich für immer im Kasten eingeschlossen wurde. Mit einem bösen Zauber und schwarzer Magie, die ihm sein Herr und Meister Luzifer zur Verfügung gestellt hatte, hat der `Schwarze Graf` zuerst meinen Vater und meinen Bruder krank gemacht und dann, mit des Teufels Hilfe, ihre Seelen aus ihren sterblichen Hüllen gelockt und in die Särge gesteckt.

Sie waren ihm im Wege, das Land in seinen Besitz zu nehmen, in dem das Böse herrschen sollte.

Nach seinem Auftauchen damals hat er sich schnell scheinbar unverzichtbar gemacht und er wurde zum Verwalter bestellt, der für seine Grausamkeit von allen am Hofe gefürchtet wurde. Der Teufel wollte mit allen ihm zu Gebote stehenden Mitteln die Macht gewinnen, weil er den besonders gottesfürchtigen Untertanen beweisen wollte, dass das Böse stärker ist als das Gute. Mein Vater und mein Bruder sind in dem Augenblick gestorben, als ihre Seelen endgültig und für immer in den Kästen, die du gemacht hast, mit den "Eisenbändern der Ewigkeit" eingeschlossen wurden.

Weil ich dann nicht die Frau des „Schwarzen" werden wollte, die sorgfältig geschmiedeten Pläne der völlig legalen Übernahme also in Gefahr gerieten, sollte auch ich sterben. Dann wäre ihm als dem Mächtigsten der Besitz zugefallen wie eine reife Frucht. Meine Seele war schon im

Kasten eingeschlossen, an dem ja, wie Du weißt, nur noch die „Eisenbänder der Ewigkeit" fehlten, die erst montiert werden können, wenn die Seele sich in dem Holzkasten befindet. Wenn beim Bau Eisen verwendet worden wäre, würde die Strahlkraft einer jeden Seele, die ja in ihrer Unzerstörbarkeit gottähnlich ist, beim Hineinlegen alles Eisen auflösen. Das Behältnis würde sofort auseinander fallen.

Doch nun haben wir genug geredet. Wir müssen unsere Vorkehrungen treffen, damit wir dem `Schwarzen Grafen´ und seinen bösen Kräften entsprechend begegnen und das Böse verhindern können. Du aber sollst an meiner Seite bleiben als mein Berater, als mein herzallerliebster Freund, als mein Gemahl.

Die Kästen aber, in denen die Seelen meines Vaters und meines Bruders eingeschlossen sind, werden wir auf der höchsten Spitze des Predigtstuhls, auf dem Hochthron, in einer Kapelle aufbewahren. Die Sage geht, dass nach 7 mal 7 mal 7 Jahren auch die festesten Eisenbänder wieder gelöst werden, ihren Inhalt wieder freigeben müssen, wenn die Seele im Kasten die eines ehrlichen Menschen war, die vom Teufel gefangen wurde."

+++

Die Glocken von Unterstein läuteten zur Christmette, die „Schönauer Weihnachtsschützen" hatten ihre Böller verschossen, um die bösen Geister zu vertreiben, wie es seit undenklichen Zeiten Brauch war.
Morgen würden seine Kinder und Enkelkinder kommen und es würde endlich wieder Leben in das alte Lehrerhaus einkehren. Es würde sein wie früher, als seine eigenen Kinder noch klein waren und sie immer die Weihnachtstage besonders genossen hatten. Und er konnte sich noch gut an die glänzenden Augen seiner Kinder erinnern, wenn sie in die Stube zur Bescherung kommen durften.
Er lehnte jetzt seinen Kopf zurück, legte seine Arme entspannt auf die breiten Lehnen des schweren Sessels und schlief lächelnd ein. Im Traum war er wieder in seine Kindheit versetzt, mitten in eine weitere unheimliche Geschichte seines Großvaters.

Gefangen im Reich von „König Watze"

„Im tief zwischen Watzmann und Hochkalter eingegrabenen Tal des Wimbachs waren soeben die letzten späten Besucher aus der Grieshütte hinausgepoltert. Der Wirt war ihnen noch vor die Tür gefolgt und schaute ihnen nach, wie sie dick vermummt durch den Schnee in Richtung Wimbachklamm und Ramsau davon stapften.

Es war zum Gehen hell genug, denn in dieser besonderen Nacht des Jahres, der „Heiligen Nacht", schenkten Millionen von Sternen und der volle Mond genügend Licht für einen sicheren Heimweg. Der Wirt ging, bevor er die Tür für heute zusperren würde, noch einmal um die Hütte herum, versicherte sich, dass die Fensterläden geschlossen und von innen gesichert waren. Er freute sich schon auf einen ruhigen Abend am prasselnden Kaminfeuer, wo er so schön seinen Gedanken nachhängen konnte bei einem Glas Roten, den er extra für besondere Anlässe aufbewahrt hatte.

Als er um die letzte Ecke bog, stand plötzlich, wie aus dem Erdboden gewachsen, eine abgerissene Gestalt vor ihm in einer schäbigen, an vielen Stellen zerrissenen Jacke, einem zerbeulten und schmutzigen Hut, einer abgeschabten Bundhose und verschlissenen Bergstiefeln, die vom Schnee durchnässt waren.

Es musste sich um einen alten Mann handeln, denn die Gestalt hatte einen sehr langen buschigen Vollbart, der fast das ganze Gesicht verdeckte.

Wenn man in der Einsamkeit eines Tales im Hochgebirge lebt, das Alleinsein gewohnt ist und als Gast manch harten Gesellen, dann glaubt man, sich nicht so leicht zu fürchten. Beim Anblick dieses späten Besuchers jedoch wurde es sogar dem Wirt etwas mulmig. Der Gast folgte ihm wortlos in die Gaststube und setzte sich an einen der hölzernen Tische im Schankraum. Mit einer erstaunlich festen Stimme bestellte der seltsame Gast ein Glas Rotwein, und ohne nachzudenken, wie unter einem Zwang, holte der Wirt seinen besten Roten hervor, den er eigentlich alleine hatte trinken wollen, und goss einen Pokal ein.

Das genießerische Schlürfen und anerkennende Nicken zeigte dem Wirt, dass er einen Kenner vor sich hatte, was zu einem armen Mann ebenso wenig passte, wie die gepflegten Hände zur abgerissenen Kleidung.

Der Wirt goss auch sich einen Pokal des herrlich rubinroten Herrgottströpfchens ein und setzte sich ohne ein Wort zu sagen zu dem Fremden. Nach einigen kräftigen Schlucken zog der eigenartige Besucher einen Laib herrlich duftendes Gewürzbrot und dazu eine halbe Saite dunkel geräucherten Gamsspeck aus seinem abgeschabten Rucksack. Mit einem fein ziselierten Messer aus seinem Wams schnitt er ein ordentliches Stück Speck ab und dazu einen Kanten Brot und forderte mit einer Handbewegung seinen Gastgeber auf, es ihm nach zu tun. Als dieser die Wegzehrung des Gastes gekostet hatte, konnte er nicht umhin, deren exquisiten

Geschmack in höchsten Tönen zu loben. Die Antwort seines Gastes ließ ihn zuerst an einen Scherz denken.

< Ja, am Tisch von „König Watze" geht es vornehm zu und nur das Beste ist gerade gut genug für des Alpenkönigs Tisch. >, meinte der nämlich daraufhin.

Das Lächeln des Wirts ob des vermeintlichen Scherzes verging ihm sofort, als er in den stahlblauen Augen las, dass es dem Gast ernst war mit dieser Bemerkung.

< Ich komme wirklich gerade von seiner Tafel aus dem Berg „Watzmann" und diese Gaben sind meine Wegzehrung. >

Der Wirt hätte jetzt gerne seinen Knotenstock in der Nähe gehabt, musste er doch ernsthaft befürchten, dass er es mit einem Irren zu tun hatte. Der Gast mochte seinen suchenden Blick richtig gedeutet haben.

< Ihr könnt mir ruhig glauben, wenn es auch für Euch noch so verrückt klingen muss! Und dass ich gerade heute, am Heiligen Abend, hier bei Euch erschienen bin, lässt

sich auch leicht erklären. Nur am Heiligen Abend alle sieben Jahre geht der Berg auf! Doch ich will Euch die Geschichte von vorne erzählen, wenn Ihr mögt.>
Da der Wirt für sein Leben gern Geschichten hörte und schon sehr gespannt war, welchen Sinn diese merkwürdigen Andeutungen des geheimnisvollen Fremden wohl machte, goss er als Einladung diesem das fast leere Weinglas wieder voll, setzte sich gemütlich zurück und schaute den Gast aufmunternd an.
„Nun, diese unglaubliche Geschichte begann heute genau vor sieben Jahren, als ich mit meiner Braut und einem befreundeten Pärchen mit dem Schiffchen über den Königssee nach „Sankt Bartholomä" gefahren war. Wir streiften herum, besichtigten das malerische Kirchlein und statteten natürlich auch dem Wirt von Sankt Bartholomä einen Besuch ab. Wir waren noch unschlüssig, ob wir den „Rinnkendlsteig" hinauf zur „Kührointhütte" steigen sollten und dann über Hammerstiel

hinunter nach Hause, oder ob wir mit dem Schiff zurückfahren sollten. Wegen des angekündigten stärkeren Frosts entschieden wir uns für das Schiff, wollten aber dann doch wenigstens noch zur sogenannten „Eiskapelle" am Fuße der Watzmann - Ostwand aufsteigen. Wir kamen auch alle leicht ans Ziel und standen bald vor dem großen Schlund des Gletscherabflusses, der aussah wie das Maul eines Riesenwals. Sogar die Zähne in dem riesigen Maul glaubte man in den herunter hängenden Eiszapfen erkennen zu können. Der Bach, der aus diesem Riesenmaul fliest, war an den Rändern schon zugefroren und es bot sich so die Möglichkeit, ohne durch das Wasser waten zu müssen, in die Öffnung hinein zu gehen. Wir alle vier stapften hinein und schauten uns mit Gänsehaut die schrundige Höhle an. Man konnte dem Bachbett noch weiter folgen, nur musste man sich dafür durch einige enge Durchlässe zwängen.

Die anderen drängten bald darauf, diesen kalten, unheimlich wirkenden Ort schleunigst wieder zu verlassen und ins Sonnenlicht zurückzukehren. Ich aber war neugierig geworden und wollte noch einige Meter weiter ins Innere vordringen, denn ich hatte ein merkwürdiges Glitzern tief im Innern der Höhle gesehen. Ich zwängte mich also alleine an einigen mächtigen Eisblöcken vorbei, und im Schein meiner Lampe glitzerte das Eis wie mit tausend Brillanten gespickt.

Längst sah und hörte ich meine Begleiter nicht mehr. Nach einigen weiteren Schritten einen schnell enger und niedriger werdenden Gang entlang, wollte auch ich schließlich umkehren und die Höhle verlassen.

Doch jetzt geschah etwas, das mich in Panik tiefer in den Gang stürzen ließ. Große Eisbrocken brachen aus der Decke und blockierten den einzigen Weg nach draußen. Dafür wurde der Gang nach innen ins Eis immer breiter. Ich konnte nicht stehen bleiben, denn dort, wo ich gerade gewesen war, wurde der Gang durch den Einbruch der Decke regelrecht zugeschüttet. Ich hastete also immer tiefer in den Stollen. Erst später wurde mir klar, dass dies alles geplant gewesen sein musste und seit vielen hundert Jahren immer wieder so passierte.

Doch im Augenblick sah ich in der Flucht ins Innere des Gletschers meine einzige Rettung. In meiner panischen Angst vor den Eisbrocken rannte ich, ohne es zu merken, auch dann noch weiter, als die Wände und die Decke des Ganges nicht mehr aus Gletschereis bestanden, sondern aus massivem Fels.

Doch das habe ich erst erfahren, als ich aus meiner Ohnmacht auf einem Strohsack in einer Kaverne im Berg zu mir kam, weil mir jemand einen nassen Lumpen ins Gesicht klatschte. Eine krächzende Stimme erklärte mir, dass ich wohl einen Felsvorsprung übersehen hätte, was meinem Kopf nicht gut bekommen sei. Der Griff zu meinem brummenden Schädel bestätigte diese Aussage. Ich trug einen dicken Verband, unter dem es wie von tausend Hämmern in meinem Kopf pochte.

Unsanft wurde ich von eben dieser Stimme gedrängt aufzustehen, denn ich müsse endlich meinen Dienst beim Herrn des Berges antreten und könne nicht weiter faul herumliegen. Natürlich begriff ich nichts von alle dem, und als mein Blick klarer wurde, als ich mich aufgerichtet hatte, muss ich das alte, verhutzelte Weib, das vor mir stand, ziemlich entgeistert angestarrt haben.

Sie eröffnete mir, dass ich im Reich von „König Watze" sei und diesem von nun an zu dienen hätte. Es war wohl ihre Aufgabe, mich - wie es bei allen anderen Neuankömmlingen gewesen war – und bei allen, die nach mir das gleiche Schicksal erleiden werden, genau in die zukünftige Rolle einzuweisen.

Ich müsse „König Watze" dienen, müsse die Unmengen an Essen, die er jeden Tag verschlinge, servieren und ebenso den Wein, den er kübelweise in sich hineingieße. Die übrige Zeit hätte ich frei, weil mein Herr dann schliefe.

Ich dürfe mich dann in seinem Reich, dem Berg mit seinem Namen, frei bewegen, dürfe sogar die Schatzkammer mit den gigantischen Schätzen betreten. Stehlen könne ich sowieso nichts, weil es aus dem Berg keinen Ausgang gebe.

Und damit hatte sie natürlich recht, wie ich nachher mehrmals schmerzhaft erfahren musste.

Ich muss so verzweifelt ausgesehen haben. Mein Entsetzen über meine ausweglose Lage, der Schmerz, meinen Schatz nicht wiedersehen zu können, die mich ja für tot halten musste, wie mir klar geworden war, stand wohl deutlich in meinem Gesicht.

Selbst dieses Weib mit ihrem wohl tausendjährigen Steinherzen eröffnete mir als kleinen Trost und als Hoffnungsfünkchen, dass ich nach sieben Jahren in der Christnacht als reicher Mann den Berg verlassen könne, so wie mein Vorgänger es heute getan habe. Ich müsse nur meinem neuen Herrn zu seiner Zufriedenheit dienen.

Die Worte hallten in meinen Ohren: „In sieben Jahren, in sieben Jahren, in sieben Jahren!".

Ich war wieder am Rand einer Ohnmacht. In sieben Jahren wäre ich schon über dreißig, fast ein alter Mann! Was würde aus meiner großen Liebe? Sie würde sich sicher im Laufe der Zeit mit einem anderen Mann trösten.

Das war der Augenblick, als ich mir vornahm, zuerst alles zu erkunden, ob nicht doch ein Ausweg zu finden sei und mich sonst – gegebenenfalls - umzubringen! Ich trat meinen Dienst also an, musste dem riesigen Fettkloß von Mann mit seiner gigantischen Leibesfülle horrende Mengen von Speisen heranschleppen und Unmengen von Wein, den er aus riesigen Humpen in sich hineingoss. Doch trotz der Weinmengen blieb er völlig klar, und man konnte seinen kleinen Schweinsaugen ansehen, ob ich bei der Auswahl seinen Geschmack getroffen hatte oder nicht.

Auswege aus dem Berg waren wirklich keine zu finden! Wie sehr ich mich auch

bemühte, wie oft ich mir auch bei waghalsigen Kletterpartien zum himmelhohen Deckengewölbe der riesigen Höhle die Gliedmaßen zerschunden habe.
Allmählich machten mich die Fehlschläge ruhiger. Ich ergab mich in mein Schicksal und eine gewisse Lethargie schlich sich ein. Ich vegetierte vor mich hin, versah meinen teilweise ekelerregenden Dienst so gut es ging, in dem ich im Laufe der Zeit zum Weinfachmann wurde, um ja immer einen genehmen Tropfen präsentieren zu können und mir das Wohlwollen des Königs zu sichern. Ich hatte nämlich mittlerweile durch Bemerkungen der Alten, die meinen Diensteifer erhalten und verbessern sollten, geschlossen, dass nicht alle meine Vorgänger den Berg hatten verlassen dürfen. Manche Faule mussten auch die doppelte Zeit dienen oder wurden gar für immer in den Berg gebannt.
Bei allen Streifzügen durch die Höhle von „König Watze" habe ich übrigens nie jemand anderen der sagenhaften Familie getroffen. Auf eine neugierige Frage in

dieser Sache deutete die alte Hexe nur mit ihren Knochenfingern auf die glatte Felswand, ohne etwas zu sagen.

Sollte etwa - anders als in der Sage - die ganze Familie Watze nicht in Fels verwandelt, sondern jeder für sich in einen anderen Teil des Berges eingesperrt worden sein?

Die Außenwelt rückte immer weiter weg aus den Gedanken. Sogar das Bild der Liebsten begann zu verblassen. Selbst für einen Selbstmord war ich viel zu träge geworden.

Dieses Abstumpfen schien aber wiederum nicht im Sinne des Herrn zu sein, da es mit Gleichgültigkeit dem eigenen Schicksal gegenüber einherging und somit mit Nachlassen des Diensteifers.

Um mich wieder aufzuheitern, durfte ich in unregelmäßigen Abständen, in Begleitung der alten Hexe, einen sonst immer verschlossenen Raum betreten, in dem man durch einen riesigen Zauberspiegel die Außenwelt sehen kann.

Der Spiegel zeigt dem Betrachter genau die Person in der Welt hier draußen, an die er am intensivsten denkt. Und ich dachte natürlich ununterbrochen an meine Braut, wollte wissen wie es ihr ging, und natürlich quälte mich die Frage, ob sie mich schon vergessen hatte.
Und dann sah und vor allem hörte ich sie. Beim ersten Mal waren schon fast zwei Jahre vergangen, aber aus Gesprächen mit ihrer Freundin, die ich mithören konnte, schloss ich, dass sie mir immer noch nachtrauerte und dass es wohl noch keinen anderen Mann gab.
Ich habe sie insgesamt fünfmal durch den Zauberspiegel sehen und hören dürfen, immer wenn meine Depressionen meinen Diensteifer beeinträchtigten. Ich bin mir sicher, dass sie mich immer noch liebt und lieber alleine bleibt, als einen anderen Mann zu nehmen, trotz Drängens der Freunde.
     Meine Zeit im Berg schleppte sich mit entsetzlicher Langsamkeit dahin und wollte und wollte nicht vergehen! Und doch

nahte dann irgendwann einmal die Weihnachtszeit des siebten Jahres meiner Gefangenschaft. Mir ging es wie einem Kind, dass zwischen Hoffen und Bangen schwebt, ob es zu Weihnachten auch das heißersehnte Spielzeug bekommt. Ich ersehnte allerdings etwas viel Wertvolleres, die Freiheit!

Der heutige Tag brach an, der Tag der Christnacht, an dem vor sieben Jahren mein Schicksal eine solch dramatische Wende genommen hatte. Alles verlief im gleichen Trott wie immer. Es kam kein Zeichen, dass sich etwas ändern würde. Das Fressgelage am Mittag ging vorbei mit mittlerweile für mich schier unerträglichen Schmatzorgien und mit den üblichen Weinmengen. Das dröhnende Schnarchen des langen Mittagsschlafs war schon abgeebbt, und als ich schon völlig verzweifelt befürchtete, dass meine Zeit doch noch nicht um sei, hinkte die alte Hexe auf mich zu und bedeutete mir, ihr zu folgen. Vor einer glatten Felswand blieben wir schließlich stehen und sie zeigte auf den Rucksack hier. Ich solle ihn auf den Rücken nehmen, denn es sei eine Wegzehrung und der versprochene „reichen Lohn" darin, wie sie meinte.

Mir war alles recht, Hauptsache ich kam raus aus meinem Gefängnis. Das Letzte was ich sah, war, dass die Hexe mit einer schnellen Bewegung ihrer knochigen Hände gegen einen hellen Fleck in der Felswand drückte, dann gab der Boden nach und ich stürzte in die schwarze Tiefe.

Als ich aus meiner Ohnmacht erwachte, war es schon Nacht. Ich lag am Fuße einer glatten Felswand im „Schönfeldgraben", den Ihr ja kennt. Meine Kleidung hatte zwar gelitten, wie Ihr seht, aber sonst war mir nichts geschehen. Ich fand im Rucksack, den ich kurz inspizierte, meine alte Lampe, die sogar noch funktionierte, fand den Speck und das Brot."

Man konnte es dem Gesicht des Wirtes deutlich ansehen, dass er große Zweifel an der Glaubwürdigkeit der Geschichte hatte. Wahrscheinlich saß da nur ein Vagabund vor ihm, der sich, um am Heiligen Abend für seine müden Knochen ein Nachtquartier und für seine durstige Kehle einige Schlucke Wein zu bekommen, eine fantastische Geschichte hatte einfallen lassen. Doch an einem solchen Abend würde er keinem die Tür weisen, und sei er auch noch so ein übler Betrüger! Er führte den Gast, nachdem sie noch eine Weile schweigend gesessen und ihre Gläser geleert hatten, die Treppe hinauf zu einer Kammer, in der ein gemütliches Bett mit einem warmen Federbett stand und wünschte ihm eine gute Nacht. Er selber schloss allerdings seine Schlafkammer sehr sorgfältig ab, um vor jeder Überraschung sicher zu sein. Er konnte lange nicht einschlafen, weil seine Gedanken immer wieder um den seltsamen Gast kreisten und um seine unglaubliche Geschichte.

Viel zu früh am nächsten Morgen weckte ihn das Gepolter schwerer Stiefel auf der Stiege, und er quälte seine müden Knochen aus den Federn.

Er wollte sich davon überzeugen, dass der Fremde auch wirklich die Hütte verließ und wollte dann wieder abschließen. Doch als er die Treppe hinunter kam, blieb er erstaunt stehen. Wie hatte sich sein Gast verwandelt!

Der Wirt glaubte seinen Augen nicht trauen zu können, als er einen jetzt glattrasierten und jungen Mann vor sich sah, der auch seine schäbige Kleidung über Nacht gesäubert und geflickt hatte.

< Ich weiß, dass Ihr mir meine Geschichte nicht glauben könnt, denn welch nüchterner Mensch glaubt an Sagen und Märchen! Doch weil Ihr trotz Eurer Zweifel um Gottes Lohn den vermeintlichen Vagabunden aufgenommen habt, will ich Euch einen Beweis für meine Geschichte geben und gleichzeitig eine Belohnung für Euer gutes Herz. Im Rucksack fand ich nämlich außerdem noch einen Beutel Goldmünzen und einen Beutel mit herrlich geschliffenen kostbaren Edelsteinen. Aus jedem Säckchen sollt Ihr jeweils ein Stück bekommen. >

Er reichte seinem total verwirrten Gastgeber eine schwere Goldmünze und einen funkelnden Brillanten.
< Eines verspreche ich Euch, wenn ich meine Braut gefunden habe und sie mich noch will, dann werden wir Euch gemeinsam besuchen kommen, hier in Eurer Hütte am Fuße des „Watzmanns", meinem Schicksalsberg. >

+++

Er war aufgewacht, weil die Winterkälte nach und nach in die Stube gekrochen war und es ihn fror. Das Feuer im Kamin war heruntergebrannt und glimmte nur noch schwach.

Er erhob sich aus seinem Ohrensessel, dem Erbstück seines Großvaters, und legte einige dicke Holzscheite nach, nachdem er kräftig die Asche geschürt hatte. Gerade in der Weihnachtsnacht war Wärme und Geborgenheit das Wichtigste für jeden Menschen. Bald loderten die Flammen wieder, sprangen lustig wie Kobolde auf den Holzscheiten herum und die Wärme breitete sich wohlig in der ganzen Stube aus. Ihm war beim Holznachlegen eine Geschichte wieder in den Sinn gekommen, die sich vor vielen Jahren, genau an einem Heiligen Abend, am eisigen Hochkalter ereignet hatte. Nur durch Zufall hatte er die Geschichte gehört, weil er irgendwann in einem Herbst zwei Schüler in ihrem elterlichen Bergbauernhof auf der abgelegenen Kalbrunn Alm besucht hatte, um mit ihren Eltern zu reden. Ihr Schulweg – besonders natürlich im Winter- war äußerst beschwerlich und so manches Mal hatten sie wegen des Wetters nicht zum Unterricht kommen können. Er hatte mit den Eltern beraten, wie man den sehr begabten Kindern jetzt, gegen Ende ihrer Schulzeit, helfen könne. Vielleicht könnten sie zu Beginn des Winters im Dorf unten bei Verwandten Quartier nehmen, nahe der Schule, damit sie auch sicher ihren Schulabschluss schaffen würden, um dann in der Stadt die Höhere Schule zu besuchen.

Die Eltern waren sehr verständig gewesen und hatten seinem Plan letztendlich zugestimmt. Die Kinder könnten ja die Wochenenden und die Ferien auf dem heimatlichen Hof verbringen.

Als er dann die Kosten angesprochen hatte, zumindest für die Verpflegung bei den Verwandten, waren die Bauersleute nach kurzem Zögern damit herausgerückt, dass das Geld nicht das Problem sei. Sie hätten ihn, den Lehrer, den „Weltgewandten", wie sie sagten, sowieso um Rat und Hilfe in einer Geldangelegenheit fragen wollen. Nur ihn wollten sie fragen, wie sie betont hatten, weil er als Vertrauensperson gelte, von der man wisse, dass sie schweigen könne. Man wolle etwas Geld für die Zukunft der Kinder anlegen, wie sie sagten, und er konnte sich noch genau erinnern, wie erstaunt und verblüfft er gewesen war, als er die Höhe der Geldsumme gehört hatte. Und dann erzählte der Bauer nach einem kurzen Blickaustausch mit seiner Frau die phantastischste Geschichte, die er je in seinem Leben gehört hatte.

Die „Weiße Frau"

„Die Geschichte ist vor einigen Jahren passiert und hat mir und meiner Familie viel Glück gebracht. Doch sie hat uns auch gezeigt, wie sehr wir kleinen Menschen leicht zum Spielball höherer Mächte werden können.

Ich befand mich auf dem Rückweg aus dem Tal, wohin ich schon beim ersten Bleigrau des Morgens mit einer großen Ladung Kaminholz auf meinem Hörnerschlitten aufgebrochen war. Ich hatte mich mühsam durch den Schnee gekämpft, mein Holz abgeliefert und einige Weihnachtseinkäufe getätigt. Der Tag ging schon in den Abend über. Der Schnee war tief. Oft sank ich bis zu den Waden ein. Mein Rucksack mit den Weihnachtsgeschenken für meine Kinder und meine Frau und mit den guten Sachen für das Festessen drückte schwer.

Ich hatte mich bewusst für die Abkürzung durch den Bannwald am Fendlgraben und den Steig unterhalb des Steinbergs in Richtung Hochalm entschieden, weil ich so schneller zuhause sein würde, als über den viel längeren Fahrweg, auch wenn das Gehen mühseliger und gefährlicher war.

Der teilweise kaum zu erkennende Steig windet sich steil den Berg hinan, wie Ihr vielleicht wisst, führt an schroffen Abbrüchen vorbei und zwingt den Wanderer, auf schmalen Tritten Felsstufen zu überwinden, die schon im Sommer bei Trockenheit schwierig genug sind. Jetzt, bei Schnee, der teilweise verweht war, war es äußerst gefährlich.

Erstaunlicher Weise war ich nicht müde. Ich freute mich auf mein Heim, meine Frau, meine Kinder, die jetzt schon auf mich warten würden, und auf die Wärme des Kaminfeuers, die schnell die Kälte aus meinen Gliedern vertreiben würde.

Diese Vorfreude verlieh mir immer neue Kräfte.

Der überraschende Auftrag noch am Heiligen Abend, den der Hausdiener des Seehotels am Hintersee am Nachmittag vorher überbracht hatte, war ein unverhoffter Segen. Dieses zusätzliche Geld hatte mich in die Lage versetzt, den

Kindern ihre sehr bescheidenen Weihnachtswünsche zu erfüllen und auch meiner Frau eine Kleinigkeit zu kaufen.
Nachher war mir natürlich klar, dass alles von höherer Macht gelenkt worden war.
Ich freute mich schon auf die strahlenden Augen meines Sohnes und meiner Tochter, wenn sie das Feuerwehrauto und die Puppe unter dem Baum finden würden. Meine Frau würde mich für das unerwartete Geschenk für sie sicher in ihrer stillen Art, die ich so sehr an ihr liebe, zärtlich umarmen und ihren Kopf an meine Schulter legen.
Durch die Vorfreude angetrieben, wurden meine Schritte jetzt sogar noch etwas schneller. Ich stapfte vor mich hin und summte ein Lied. In weniger als einer Stunde würden wir den häuslichen Teil des „Heiligen Abends" begehen, die Lichter am Baum anzünden, den meine Frau wohl jetzt schon geschmückt hatte.

    Der vom Hochkalter talwärts fegende Wind hatte sich verstärkt. Er fetzte die Kronen der Bäume und peitschte mir auf den freien Flächen zwischen den einzelnen Waldstücken Eiskristalle ins Gesicht. Meine Augen tränten und ich war jedes Mal froh, wenn ich wieder zwischen die Stämme des nächsten Gehölzes eintauchen konnte. Eiseskälte kroch mir ins Wams.

Plötzlich stand sie vor mir, aus dem Nichts aufgetaucht, schemenhaft verschwommen, fast unsichtbar und unheimlich! Ich blieb natürlich abrupt stehen und rieb mir mehrmals über die Augen.

Es war keine Einbildung, kein Trugbild der tränenden Augen. Sie war da!

Ich bin bestimmt kein Mensch, der an Spukgestalten glaubt und doch sah ich sie. Und ich wusste auch genau, wer das war. Es war die **„WEIßE FRAU"**, eine Spukgestalt, über die man, wie Ihr sicher wisst, von Generation zu Generation weiter erzählt, dass sie wegen einer schrecklichen Bluttat keine Ruhe finden könne und durch die Berge geistern müsse. Man erzählte von grausamen und furchterregenden Taten, von fürchterlichen Strafen für böse

Menschen, aber auch von Belohnungen für gute, denen sie zu Wohlstand verholfen hatte. Doch keiner der Schwätzer, die ihre Weisheiten natürlich vom Hörensagen haben, kann belegen, dass an diesen Geschichten auch nur ein Fünkchen Wahrheit ist.

Ich spürte ein leichtes, kaum merkbares Zupfen am Ärmel, obwohl der Schemen in einiger Entfernung stand, und ich meinte, im Sausen des Windes ein eindringliches Flüstern zu hören, das mich um Hilfe bat.

Ich erwachte aus meiner Erstarrung. Meine Beine setzten sich wie unter einem Zwang in Bewegung. Ich verließ den Pfad, der zur Hochalm führte, und stieg nahezu in Falllinie in Richtung Schertenspitze auf. Die unheimliche Begleiterin ging, oder besser gesagt schwebte, immer vor mir her, bestimmte die Richtung.

Wenn ich eine Pause einlegte, nach einem besonders anstrengenden Stück Wegs, schaute sie mich an und ich spürte, wie eine geheimnisvolle Kraft von ihr zu mir überfloss. Mit neuen Kräften setzte ich mich sofort wieder in Bewegung.

So ging es eine ganze Weile. Ich konnte nicht genau abschätzen, wie lange wir schon gegangen waren, denn mein sonst sehr gutes Zeitgefühl schien nicht mehr so recht zu funktionieren.

Mit Verwunderung stellte ich fest, dass trotz des schwierigen Geländes und trotz des Schnees und der vereisten Felsen mein Fuß immer sicheren Halt fand, und ich kein einziges Mal ausrutschte oder stolperte. Oft dachte ich mit Bedauern daran, dass ich wohl zu spät nach Hause kommen und die Kinder und die Frau maßlos enttäuscht sein würden, weil alles, was sie sich für den Heiligen Abend vorgenommen hatten, nun verschoben werden bzw. sogar ausfallen müsste.

Wo führte mich dieser Spuk nur hin? Hatte sie mich etwa verhext, um mich in ihre Gewalt zu bringen und mich zu einem willfährigen Helfer für ihre bösen Taten zu machen? Da würde sie sich aber wundern! Ich würde mich schon mit Gottes Hilfe gegen solch finstere Mächte wehren können, hoffte ich wenigstens.

Wir hatten jetzt schon fast die Baumgrenze erreicht. Es war deutlich kälter hier oben.

Der Wind peitschte mir nun mit voller Kraft die Eiskristalle vom aufgewirbelten Schnee ins Gesicht. Die Spuren hinter mir verwehten, kaum dass ich zwei, drei weitere Schritte gemacht hatte. Dieser Spur würde keiner folgen können, wenn mir etwas zustieße.

´Und hier vermutet mich sowieso niemand´, kam mir in den Sinn. Bei diesem Gedanken wurde mir jetzt schon etwas mulmig zu Mute.

Doch diese Ängstlichkeit verging sofort, als die **„Weiße Frau"** unverhofft neben einem mächtigen, überhängenden Felsen verharrte und ich dann unerwartet einen Menschen im Windschatten dieses Felsens gewahrte. Auf dem Boden, nur notdürftig gegen den Eiswind geschützt, lag eine junge Frau, deren rechtes Bein merkwürdig verdreht vom Körper abstand, und die aus einer klaffenden Kopfwunde geblutet hatte.

Das Rinnsal von der Stirn die Wange hinunter war mittlerweile schon eingetrocknet. Auf den letzten Metern vor dem vor der Schneedrift schützenden Felsüberhang sah man noch deutliche Spuren. Sie musste hier in der Nähe verunglückt und in den Schutz des Felsens gekrochen sein, bevor sie ohnmächtig geworden war. Ich schätzte, dass sie schon mindestens eine Stunde hier gelegen hatte. Sie musste sofort hier weg transportiert werden, wenn sie noch eine Chance haben sollte, am besten zu meinem Haus, welches die einzige menschliche Behausung weit und breit ist.

Schlagartig wurde mir jetzt auch klar, warum die **„Weiße Frau"** gerade mich als Helfer ausgewählt hatte, und dass alle Geschehnisse des heutigen Tages vorgeplant waren.

Und doch ahnte ich noch lange nicht das ganze Ausmaß der Geschichte.

Ich schaute mich nun suchend um. Ich musste eine Ziehbahre bauen, denn bei dem schwierigen Gelände wäre es

unmöglich, die Verletzte vom Berg zu tragen. Im Übrigen wäre das für die junge Frau auch viel zu schmerzhaft. Es würde auch mit der Ziehbahre schon schlimm genug werden!
An einem der wenigen Bäume nahe der kahlen Hochfläche am Ende des Waldes sah ich dann die senkrechten Stützhölzer eines alten Hochsitzes. Sitzbretter und Tritte waren schon durch die Wetter des Hochgebirges verrottet, die senkrechten Pfähle aber standen noch, weil sie oben an den Baumstamm angenagelt und unten ein wenig ins Erdreich eingerammt waren. Ich trat mit meinen schweren Bergstiefeln kurz über dem Boden mehrmals kräftig gegen die Hölzer, lockerte sie auf diese Weise und riss sie nach mehrmaligem Rütteln und Zerren vom Baum ab.
´Die Rundhölzer sind hoffentlich noch nicht zu morsch für eine Ziehbahre´, hoffte ich und ging sofort daran, meine Lodenkotze an den Bälkchen zu verknoten. Mein langes Bergseil hätte ich jetzt gut gebrauchen können, doch so musste ich eben mit dem

Umhang vorlieb nehmen. Ich vergewisserte mich, dass die Knoten fest genug gezurrt waren und legte dann die Verletzte vorsichtig auf die noch flach auf der Erde liegende Bahre. Die Frau stöhnte trotz ihrer Ohnmacht auf. Ich richtete ganz vorsichtig das gebrochene Bein und band es mit meinem Taschentuch und meinem Schal am Seitenholm fest, immer begleitet vom Stöhnen der Verletzten. Über dem hektischen Arbeiten an der Herstellung der Bahre hatte ich die **„Weiße Frau"** ganz vergessen, doch als ich jetzt das eine Ende der Bahre hochhob und mich in Richtung Tal in Bewegung setzte, ging der weiße Schemen wieder vor mir her.

Wie auf dem Hinweg war ich auch jetzt instinktiv überzeugt, dass sie mich sicher leiten würde. Sie umging schroffe Abbrüche und fand Rinnen, in denen ich die Bahre leichter abrutschen lassen konnte. Dennoch ging der Transport nur mühsam voran. Meine Hände waren bald aufgerissen, meine Arme schmerzten von der Last und meine Beine bewegten sich fast nur noch automatisch. Mein Atem ging stoßweise.

Die junge Frau war aus ihrer Ohnmacht erwacht, stöhnte fast ununterbrochen und brabbelte wirr vor sich hin.

Bei einer kurzen Pause, als ich die Enden der Bahre auf einen Felsen aufgelegt hatte, legte ich meine Hand auf ihre Stirn. Sie hatte hohes Fieber. Doch das war jetzt eher positiv zu sehen. Der Körper zeigte durch die heftige Reaktion, dass er sich gegen die widrigen Umstände, gegen Verletzung und Kälte intensiv wehrte.

Ich versuchte jetzt, noch etwas schneller zu gehen, holte das Letzte aus meinem Körper heraus. Gott sei Dank war mir die Gegend hier ziemlich gut bekannt. Nach dem Kar mit den riesigen Felsbrocken, die das letzte unangenehme Hindernis für die Bahre mit der Verletzten darstellten, würde ich durch eine breite Waldschneise zu meinem Hof abrutschen können. Noch eine halbe Stunde, schätzte ich, bis die Verletzte in meinem Haus in die Wärme und in die erfahrenen Hände meiner Frau kommen würde.

Als ich mit viel Mühe, mit fast übermenschlicher Anstrengung die Bahre durch die engen Durchschlupfe zwischen den Felskolossen hindurch gezerrt, die junge Frau mehrmals wegen der Erschütterungen vor Schmerzen aufgeschrien hatte, und wir jetzt auf den Fahrweg stießen, von dem etwas weiter unterhalb die Schneise zu meinem Haus abzweigte, merkte ich es.

Die **„Weiße Frau"** war verschwunden! Ich blieb sogar ungläubig stehen, um mich umzuschauen, um herauszufinden, ob sie vielleicht woanders stand, weil sie mich in eine andere Richtung führen wollte. Sie war nirgends mehr zu sehen.

Ich hatte keine Zeit, mir weiter darüber Gedanken zu machen. Ich musste die verletzte junge Frau so schnell wie möglich heimbringen.

Ich lenkte bald in die steil abwärts führende Schneise ein, und stieß etwa bei der Hälfte der Gefällstrecke einen lauten Pfiff aus.

Wie erwartet, antwortete mir lautes, freudiges Hundegebell und dann das erstaunte Rufen meiner Frau, die mich natürlich aus einer anderen Richtung erwartete. Der Hund mit seiner feinen Witterung kam den steilen Hang hinauf auf mich zu gesprungen und als ich schließlich keuchend aus dem Wald taumelte mit meiner schweren Last, standen meine Frau und die Kinder vor der Haustür und halfen mir nach dem ersten Schrecken, die Verletzte ins Haus zu tragen. Ich erklärte kurz, wo ich sie gefunden hatte, verschwieg aber trotz des fragenden Blickes meiner Frau zuerst noch, wieso ich diesen Weg gegangen war. Ich würde ihr die unheimliche Begebenheit später alleine erzählen, die Kinder sollten nicht erschreckt werden. Als ich zu einer Entschuldigung ansetzte, dass ich wegen der Bergung so spät gekommen sei, meinte meine Frau sehr erstaunt, dass ich sogar zu früh dran sei, sie eigentlich noch gar nicht mit mir gerechnet habe.

Sollte die „**Weiße Frau**" etwa auch die Kraft haben, die Zeit anzuhalten, den Fluss der Zeit zu beeinflussen?

Wir packten die in ihren dicken Anorak eingemummte junge Frau auf das Bett im Elternschlafzimmer. Dann verließ ich den Raum, damit meine Frau die Verletzte entkleiden konnte, um nachzusehen, ob sie noch mehr Verletzungen hatte.

Die Tür war kaum hinter mir ins Schloss gefallen und ich wollte gerade zum Feuer gehen, um tüchtig Holz nachzulegen, da hörte ich einen Schrei aus dem Schlafzimmer. Meine Frau riss die Tür auf und stürzte auf mich zu.

„Weißt du, wen du da gerettet hast? Es ist meine kleine Schwester, die eigentlich erst in einigen Tagen kommen wollte, wie sie mir geschrieben hat. Sie ist wohl schon früher losgefahren, hat wohl schon zum Heiligen Abend hier sein wollen und sich beim Aufstieg verirrt!"

Im Nu war sie wieder in der Kammer verschwunden und kam erst nach geraumer Zeit zufrieden lächelnd wieder heraus. Sie habe keine weitere Verletzung feststellen können und auch der Beinbruch scheine unkompliziert zu sein. Sie habe das Bein schon mit einem Besenstiel und mit festen Verbänden geschient und die Schwester sei jetzt fast schmerzfrei. Sie wolle ihren Retter jetzt sehen und auch die Kinder, deretwegen sie ja schon zum Weihnachtsfest gekommen sei. Die Begrüßung fiel sehr herzlich aus.

Die Kinder und ich schlossen die neue Verwandte auf Anhieb in unser Herz, vor allem als wir dann noch erfuhren, dass sie für längere Zeit hier auf dem Bergbauernhof bleiben wollte. Helfende Hände werden ja immer gebraucht. Ich registrierte natürlich auch bei meiner Schwägerin die nachdenklichen und fragenden Blicke, als davon die Rede war, dass der Ort ihres Unfalls weit ab vom eigentlichen Weg zum Hof und weit oberhalb lag.

Doch ich deutete auf die Kinder und schüttelte leicht den Kopf. Die brennende Frage blieb fürs Erste unausgesprochen.

Über der ganzen Freude über die Rettung hatten wir Erwachsenen fast vergessen, dass für die Kinder ein besonderer Abend war.
Doch der Junge brachte mir unaufgefordert den prallen Rucksack.
Meine Frau ging in die Stube, zündete die Kerzen an, ließ die Tür zur Kammer weit offen stehen, so dass man den festlich geschmückten Lichterbaum vom Bett aus sehen konnte. Die Bescherung würden wir natürlich in der Krankenstube durchführen, damit die Verletzte mitfeiern konnte.
Und diese Bescherung brachte eine weitere Überraschung an diesem, an
unerwarteten Geschehnissen überreichen Tag.
Während mein Sohn das herrliche Feuerwehrauto mit ausfahrbarer Leiter und einem extra Wassertank mit Miniaturspritze mit großen Augen bewunderte, und meine Tochter die Puppe mit Echthaarlocken und mehreren Kleidern zum Wechseln glückselig in die Arme schloss, stand ich mit offenem Mund staunend da und wusste,

dass auch hier wieder die *„Weiße Frau"* ihre Hand im Spiel hatte.

Meine Geschenke waren wegen des schmalen Geldbeutels bei weitem nicht so prächtig gewesen. Sie waren wohl aus Dank für meine Hilfe „veredelt" worden.

Auch das kleine, bescheidene Schmuckstück für meine Frau, eine Halskette mit einem kleinen Herzchen aus Silber, war nun wesentlich prächtiger und kostbarer geworden, wie ich sofort beim Auspacken sah. Die Kette und das Herz waren jetzt aus reinem Gold und lagen schwer in meiner Hand.

Meine Frau merkte mein Staunen und weil die Kinder nun mit ihren Spielzeugen beschäftigt waren und die Welt und natürlich auch den geplanten Besuch der Christmette in der Ramsau vergessen hatten, erzählte ich vom plötzlichen Auftauchen der *„Weißen Frau".*

Sie hatte durch die unerwartete Holzlieferung dafür gesorgt, dass ich, genau ich, zur richtigen Zeit diesen Weg gehen würde und mich durch ihre übernatürlichen

Kräfte dazu gebracht, ihr zu folgen, damit ich die Schwägerin retten konnte. Als ich leise und selbst noch ungläubig von der Veredelung der Geschenke berichtete und die letzten Einkäufe für das Weihnachtsessen am nächsten Tag aus dem Rucksack räumte, zog ich zu meinem Erstaunen auch einen recht großen Lederbeutel heraus, wie ihn Pfeifenraucher für Tabak verwenden. Ich konnte mir nicht erklären, wie der Beutel in meinen Rucksack gekommen war, zumal ich ja überhaupt nicht rauche.

Natürlich starrte ich den Fund zuerst misstrauisch an. Meine Frau aber nahm den Beutel in die Hand und stieß dann einen Ruf des Erstaunens aus. Es klimperte in dem Ledersäckchen als sie es in der Hand wog, und zu unserem großen Erstaunen rollten eine Anzahl Goldmünzen auf den Tisch, als sie die Lederschnur auseinander zog. Alle drei Erwachsenen wussten sofort, was das zu bedeuten hatte. Die *„Weiße Frau"* hatte sich mit diesem kleinen Vermögen sehr großzügig für die Hilfsbereitschaft und den selbstlosen

Einsatz bedankt. Und noch etwas fand ich in dem Beutel. Es war ein Stück Pergament, auf dem in altertümlicher Schrift stand:

„Du hast einen Wunsch frei".

Ich war verständig genug, nicht gleich los zu plappern und nichtige Wünsche zu äußern, wie mich meine Frau drängte.
Die Milchkuh würden wir im nächsten Jahr schon vom Erlös des Holzes kaufen können und, wenn wir fleißig seien, auch den Schuppen bauen, um das Holz beim Haus trocken zu lagern. Im Übrigen hätten wir ja jetzt durch die Großzügigkeit unserer guten Fee einen „Notgroschen" und könnten das verdiente Geld ausgeben, ohne eine Rücklage für schlechte Zeiten schaffen zu

müssen. Den „Freiwunsch" würden wir uns für den Moment aufheben, wenn wirklich einmal „Not am Mann" sei.
Ich legte die Goldmünzen und den Freibrief in den Kasten in der großen Truhe, den man die „Hohe Kante" nennt. Und in der Tat, unsere Wünsche konnten wir uns mit unserer Hände Arbeit erfüllen. Wir kamen nie in irgendeine Notsituation, und wir gelangten über die Jahre zu einem bescheidenen Wohlstand und können jetzt sogar etwas Geld für die Zukunft unserer Kinder anlegen. Wir beide sind uns absolut sicher, dass die **„Weiße Frau"** immer noch, auch noch nach so vielen Jahren, ihre schützende Hand über uns hält, weil wir anständige Leute geblieben sind und nicht raffgierig oder hochmütig wurden".

++++

Teil 2

...und die Liebe siegt doch!

Wundersame
Erzählungen
zwischen
Tag und Traum

Es hatte den ganzen Tag über heftig geschneit. Fast ohne Pause waren große Flocken zur Erde getanzt. Die Bäume trugen jetzt dicke weiße Wollmützen und die Sträucher mit ihrer schweren Last sahen aus wie dicke Gespenster. Wege und Pfade hatten sich unter einer mächtigen Schneeschicht versteckt.

Der See unterhalb der einsamen Berghütte war eine einzige verschneite Eisfläche. Es herrschte eine ungewohnte Ruhe. Alle Geräusche wurden von den Myriaden von Schneeflocken gedämpft. Selbst der Königsbach-Wasserfall, dessen bedrohliches Donnern einen an normalen Tagen erschreckte, war nur ab und zu als leises Murmeln durch das Schneetreiben zu hören.

Es war eine verzauberte Welt und ein Abend, an dem sich niemand gewundert hätte, wenn Engel vom Himmel oder Feen aus dem Geisterreich im watteweichen

Schnee herumgetollt wären.

In einer Hütte oberhalb des Sees war eine illustre Gesellschaft versammelt.

Der Gastgeber einer Jagdgesellschaft hatte darauf bestanden, die Jagd abzubrechen und in seiner Hütte zu übernachten, weil man sich leicht verirren könne hier im Hochgebirge, und der Abstieg zur Burg zu gefährlich sei.

Die Jagdhütte war auf ständige Nutzung eingerichtet. Essensvorräte waren genügend vorhanden und auch ein Berg Holz für den Kamin.

Schnell war das Feuer entfacht und bald loderten die hellen Flammen und erwärmten den gemütlichen Wohnraum.

Der Gastgeber, braungebrannt von Sonne und Wind und allen Wettern, die man draußen erleben kann, ging herum und schenkte allen aus einer irdenen Karaffe einen feurigen Rotwein ein, der bald ihre Lebensgeister wecken würde. Man saß an einem mächtigen runden Eichentisch. Ein großer Kupferkessel, in dem die Hausherrin über dem offenen Feuer eine kräftige Suppe zubereitet hatte, war mit Hilfe eines hölzernen Drehgestells, das einem Galgen ähnelte, vom Feuer zum Tisch geschwenkt und dort in eine Mulde in der Mitte der dicken, eichenen Tischplatte gesetzt worden, so dass sich jeder mit der Kelle selbst bedienen konnte. Alle sprachen der Suppe kräftig zu und alle Anwesenden, die durch den langen Aufenthalt in der frischen Luft hungrig geworden waren, hätten geschworen, dass sie noch niemals etwas Besseres gegessen hätten.

Es war zu dieser Zeit üblich, dass, wenn sich eine Gesellschaft zusammenfand, man sich Geschichten erzählte, und der, der die spannendste vorzutragen wusste, war der Angesehenste. In diesen Geschichten verwoben sich Phantasie und

Wirklichkeit miteinander. Es wurde wirklich Erlebtes mit Erträumtem und Ersehntem vermischt und keiner war mehr bereit, das Erzählte als die Wahrheit anzusehen, als der Erzähler selber.

Nachdem nun die Gläser zum wiederholten Male gefüllt worden waren und sich die Wangen aller Anwesenden nach der Kälte draußen von der Wärme des Kaminfeuers und dem Feuer des Weines gerötet hatten, begann der Hausherr mit seiner Erzählung.

Der Köhler und die Prinzessin

„Hinter dem großen Strom, in dem die Bäume so eng stehen, dass eine tiefe Finsternis herrscht, weil sogar die Sonne erschrocken ihre Strahlen zurückzieht, damit sie sich nicht an den spitzen Nadeln der Fichten und Tannen verletzen, in diesem Wald also lebte ein Köhler in seiner aus dicken Baumstämmen selbst gezimmerten Hütte. Sie stand auf einer kleinen Lichtung zwischen den knorrigen Stämmen zweier mächtiger Eichen, deren Äste und Zweige dicht ineinander verwoben waren und so einen natürlichen Schirm gegen jegliche Unbill des Wetters bildeten.

Die Arbeit des Köhlers war überaus hart und eine schmutzige allemal. Selbst wenn er sich in der nahen Quelle von Kopf bis Fuß gewaschen hatte, waren sein Gesicht und seine starken Hände noch braun vom Kohlenstaub. Und doch verrichtete er sein Tagewerk froh, pfiff sogar ab und zu ein Liedchen oder summte eine seiner Lieblingsmelodien, die ihn an eine längst vergangene Zeit voller Glanz erinnerten, als er noch am Hof des Königs gelebt hatte und ein scharfsinniger und hochgeachteter Ratgeber in allen Staatsangelegenheiten gewesen war.

Dem König war der Rat des jungen Grafen immer unentbehrlicher geworden, sehr zum Ärger seines Neffen, der die Position des Ratgebers allein für sich beanspruchte und von sich glaubte, der einzig Kluge am Hof zu sein.

Dieser Neffe, der mit seinem Ränkespiel den Hof beherrschte, war mit bösen Mächten im Bunde. Allerhand Zauber und Gespuk standen ihm zu Diensten, um jeden Konkurrenten aus dem Felde zu schlagen. Sogar ein Bündnis mit „Beelzebub", für den er heimlich schwarze Messen abhalten ließ, wie gemunkelt wurde, war ihm zum Erreichen seiner ehrgeizigen Ziele gerade recht.

Neben dem Ärger darüber, dass der junge Edelmann in der Gunst des Königs höher zu stehen schien als er, war ihm dieser noch in einer anderen Hinsicht ein Dorn im Auge gewesen. Der junge Edelmann und die Tochter des Königs waren sich sehr zugetan und der ganze Hof redete schon darüber, welch ein schönes Paar sie seien, und sie sicher einmal heiraten würden. Genau dies musste nach den Plänen des Neffen, die dadurch empfindlich gestört wurden, verhindert werden! Er wollte die Prinzessin selbst heiraten, nicht etwa weil er sie liebte, sondern um so den Anspruch auf die Nachfolge des Königs zu erlangen. Er hatte eine grausame Zauberin kommen lassen, deren Dienste er gelegentlich in Anspruch nahm und hatte von ihr einen Gifttrunk verlangt, der dem Konkurrenten den Garaus machen sollte.

Das Gift war schnell aus einigen Kräutern bereitet und mit Hilfe einer treulosen Magd auch dem jungen Edelmann unter seine Speisen gemischt worden. Die Prinzessin hatte aber gut aufgepasst. Ihr waren so manche geheime Zeichen und verborgene Treffen ihres Vetters mit den schwarzen Gesellen seines Gefolges nicht verborgen geblieben.

Auch die Ankunft der Hexe hatte sie registriert und so hatte sie gewusst, dass irgendein Komplott gegen ihren Liebsten im Gange war. Sie hatte ihn gewarnt und ihm eine geheimnisvolle Blume gegeben, die ihr eine gute Fee, wie das bei Prinzessinnen so üblich ist, bei ihrer Geburt geschenkt hatte, um sie vor allem Bösen zu bewahren. „Diese äußerst seltene Wunderblume mit Namen „Güldenfein" erblüht nur, wenn ihre Knospe vom ersten jungfräulichen Strahl der Sonne nach einer Sonnenfinsternis getroffen wird. Sie behält solange ihre Zauberkraft wie ihr Besitzer bereit ist, für seine Liebe alles aufzugeben, auch sein Leben."

Der vermeintliche Gifttrunk war verabreicht worden und der junge Graf in einen todesähnlichen Schlaf gefallen. Schnell war er von Vertrauten der Prinzessin aus dem Schloss gebracht worden zu einem kleinen Haus am Waldrand, wo der vermeintlich Tote nach wenigen Stunden unbeschadet wieder aufgewacht war.

Dieser hatte beschlossen, sich für einige Zeit als Köhler zu verdingen, um so, vom Ruß unkenntlich gemacht, bei den von Zeit zu Zeit anstehenden Kohlelieferungen an den Hof des Königs gelangen und möglichst viele Informationen über seinen Widersacher sammeln zu können, ohne dass irgendjemand Verdacht schöpfen würde.

Eines Tages, als der Köhler in einem entfernt liegenden Waldteil gerade alte Buchen mit besonders dicken Stämmen zum Schlagen aussuchte, bemerkte er auf dem Waldweg, der sich von der fernen Landstraße herauf schlängelte, eine sich nähernde Reitergruppe. Wohl versteckt im dichten Unterholz ließ er sie näher kommen, und er wäre vor Erstaunen fast aus seinem Versteck getreten, als er in der schmächtigen Person in der Mitte der Gruppe die Prinzessin erkannte, die zu seinem großen Entsetzen gefesselt war. Sie wurde also entführt!
Weil der Köhler genau wusste, wohin der Weg führte, eilte er über schmalste Pfade, die kein Unkundiger entdecken konnte, zu einer halb verfallenen Burg auf einer düsteren Lichtung. Er legte sich dort lange

bevor die Reiter ankamen auf die Lauer mit dem festen Vorsatz, die Prinzessin zu befreien. Die Burg lag unheimlich und drohend am Rande der Lichtung. Nur das Wohnhaus neben dem halb verfallenen Bergfried sah noch einigermaßen bewohnbar aus. Die Fensterhöhlen des alten Gemäuers waren leer und es sah aus, als würde man von toten Augen angestarrt. Dadurch wurde der Eindruck des Unheimlichen noch verstärkt.
Die Reiter zeigten allerdings keine Furcht als sie ankamen, sie kannten sich hier wohl aus. Nur die kleine Gestalt in ihrer Mitte schien noch mehr zu schrumpfen, als sie den unheimlichen Ort sah.
Einer der üblen Burschen zerrte die Prinzessin jetzt grob vom Pferd und stieß sie vor sich her zum Wohnhaus der Burg. Die mächtige Eichentür mit ihren klobigen, rostroten Eisenbeschlägen knarrte ungemütlich, als sie aufgewuchtet wurde, und fiel dann mit einem hohlen Donnern wieder ins Schloss, als die Gruppe im Innern verschwunden war. Der Köhler wusste nur

zu genau, dass es trotz der Baufälligkeit des Gebäudes nicht möglich war, auf einem anderen Weg ungesehen in die Burg zu gelangen. Der einzige Zugang war diese massive Bohlentür. Dahinter lag sofort der einzige noch einigermaßen nutzbare Raum. Es war die ehemalige Wohnhalle nämlich, mit einem riesigen offenen Kamin, in dem im Laufe der Zeit von räuberischem Gesindel nach und nach nicht nur die meisten Möbel sondern sogar die kostbare Wand- und Deckentäfelung verfeuert worden waren.

Es blieb also nur der direkte Weg zur Befreiung der Prinzessin! Deshalb überquerte der Köhler ohne zu zögern die Lichtung und klopfte Einlass begehrend mit seinem wuchtigen Knotenstock an die Bohlentür. Kaum war die schwere Tür ächzend aufgezerrt worden und einer der Entführer in der Öffnung erschienen, um - notfalls mit dem Schwert - den Störenfried zu verjagen, da erstarrte er in seiner Bewegung, denn der Köhler hatte ihn mit der Blume „Güldenfein" berührt, und die hatte den Grobian in seiner Bewegung erstarren lassen. Auch seinem Kumpan, der neugierig und laut fluchend näher gekommen war, widerfuhr das gleiche Schicksal.

Schnell lief der junge Retter die ausgetretenen Stufen zum Burgverlies hinunter und rief durch die vergitterte Luke den Namen der Prinzessin.

Nach einigen Augenblicken hörte er Stroh rascheln und das Schlurfen von Füßen, die wegen der Finsternis vorsichtig tastend voreinander gesetzt wurden.

„Wer ist da. Wer ruft mich?", kam eine ängstliche Stimme von innen.

Mit wenigen Worten erklärte ihr der Köhler, dass er zu ihrer Rettung gekommen sei und versuchte sie zu beruhigen. Sie trat auf sein Geheiß von der Tür zurück. Er drehte den rostigen Schlüssel, den die Banditen einfach im Schloss hatten stecken lassen, und mit einer erstaunlichen Leichtigkeit und ohne zu knarren schwang der schwere Verschlag auf.

Zögernd kam die Prinzessin näher, denn

obwohl ihr diese merkwürdig vertraute Stimme gesagt hatte, dass sie gerettet werde, hatte sie doch große Furcht, zumal als sie des schwarzen Mannes ansichtig wurde, der da auf sie zukam. Der Köhler merkte ihr Zögern und redete ihr mit sanfter Stimme zu.

„Prinzessin, vertraut mir. Wir müssen schnellstens von hier weg. Im Augenblick können uns diese beiden Burschen, die Euch entführt haben, nichts anhaben. Aber wer weiß, ob sie nicht noch Verstärkung bekommen."

Er nahm sie einfach bei der Hand und lief mit ihr die Treppe hinauf.

Wie sehr war sie erstaunt, als sie die beiden zur Säule erstarrten finsteren Gesellen sah. Sie schaute ihren Retter ängstlich an und merkte plötzlich, dass er die Blume „Güldenfein" in der Hand hielt. Wie kam dieser schmutzige Mann zu der Wunderblume? Er hatte ihren Blick bemerkt und auch ihr erneutes Zögern.

„Vertraut mir. Wenn wir in Sicherheit sind, werde ich Euch alles erklären", sagte er

schnell, zog sie aus dem unheimlichen Gemäuer und eilte mit ihr auf verschlungenen Pfaden zu seiner Blockhütte.
Schnell entzündete er ein Feuer im Kamin. Die wohlige Wärme der knisternden Flammen löste allmählich die Anspannung bei der verschüchterten Prinzessin und es kam ein Gefühl der Geborgenheit, der Sicherheit bei ihr auf. Der Köhler wusste, dass jetzt der Moment gekommen war, sich ihr zu offenbaren, und noch bevor sie die vielen Fragen stellen konnte, die ihr durch den Kopf schossen, sagte er ihr wer er war, was bisher seit seiner Vergiftung und dem anschließenden Erwachen in dem Haus am Waldrand passiert war, wie er sie heute zu seinem allergrößten Entsetzen gefesselt in den Händen dieser Strolche entdeckt hatte, und wie er sie befreien konnte mit Hilfe der Wunderblume. Längst war sie ihm um den Hals gefallen, kaum das er seinen Namen genannt hatte. Jetzt war ihr plötzlich klar, warum ihr die Stimme des schwarzen Mannes so vertraut gewesen war. Hatte nicht ihr Herz wie wild geklopft, als er eben

zu ihr gesprochen hatte? Kaum war sein kurzer Bericht beendet, versprachen sie sich unter tausend Küssen, nie mehr von einander zu lassen."

„Nun, meine Freunde", sagte der Graf in der Berghütte, nachdem er einen kräftigen Schluck Wein getrunken hatte, „die Befreiung der Prinzessin war also gelungen."
Seine Augen strahlten. Er lächelte vergnügt seine Frau an, die an seiner Seite saß und ihn die ganze Zeit nicht aus den Augen gelassen hatte. Sie legte jetzt eine Hand auf seine Schulter, stützte den Kopf darauf und sagte: "Komm, erzähl weiter. Spann unsere Gäste nicht länger auf die Folter. Es wird ja noch sehr unheimlich und das Spannendste kommt ja erst noch."
Der Graf nickte leicht, schaute seine Gäste der Reihe nach an und fuhr dann fort.

„Die Prinzessin schlief in dieser Nacht wie eine Tote. Endlich fühlte sie sich geborgen nach all dem Schrecklichen, das sie erlebt hatte.

Kaum dämmerte der Morgen herauf - ganz zögerlich wie es schien, um die Prinzessin nicht zu früh aus ihren Träumen zu reißen - wurde sie sanft von ihrem Retter geweckt. Er wolle zum Schloss gehen, ihrem Vater die Sorge nehmen und ihm versichern, dass seine Tochter in Sicherheit sei. Vielleicht könne er ja auch schon einen Plan entwickeln, wie die Rädelsführer der Entführung zu entlarven seien und wie man der ganzen Brut das Handwerk legen könne.

Die Prinzessin warnte ihn noch einmal sehr eindringlich vor dem Ränkespiel am Hofe, das seit seinem Weggang noch wesentlich schlimmer geworden sei. Nachdem der „Köhler" der Prinzessin das Versprechen abgenommen hatte, die unmittelbare Umgebung der Hütte nicht zu verlassen, und nach einigen zärtlichen Umarmungen, machte er sich auf den Weg zur Residenz.

Auf dem Wald lagen noch die schweren Nebel des Herbstmorgens. Dichte Schwaden hingen zwischen den dunklen Bäumen, wogten hin und her in geisterhafter Geräuschlosigkeit.

Wie wenn sie sich erschrocken hätten, wichen sie vor dem forsch ausschreitenden Wanderer zwischen die Büsche zurück oder verwirbelten und verwehten gar ganz, weil mit dem frühen Wanderer der neue Tag energisch zwischen sie fuhr.

Der Wald lag bald hinter ihm. Er ging quer über die abgeernteten Felder. Die Sonne kämpfte noch mit dem aufsteigenden Nebel, doch man konnte schon spüren, dass das Licht den Nebel zumindest heute noch einmal würde besiegen können. Und als der Köhler sich der Hauptstadt näherte, hatte die Sonne ihren Kampf gewonnen und stand strahlend am azurblauen Himmel. Der „Köhler" mit seiner rußigen Kleidung und seinem schwarzen Gesicht ging schnurstracks zur Burg des Königs, die oberhalb der Stadt auf einer Anhöhe lag, durchquerte zielstrebig die düstere

Eingangshalle, ohne von Wachen aufgehalten zu werden, und gelangte zum Thronsaal.

Die Höflinge, die in Gruppen zusammen standen, hätten sich wohl über das so selbstverständliche Auftreten eines Mannes aus offensichtlich niederem Stand sehr gewundert, wenn sie nicht genug damit zu tun gehabt hätten, über die Entführung der Prinzessin zu schnattern.

Schließlich stand der „Köhler" vor dem König, der ihn unwirsch ob der Störung nach seinem Begehr fragte.

„Ich möchte Euch unter vier Augen sprechen", antwortete der schwarze Mann, ohne sich von dem ablehnenden Gemurmel der umstehenden Höflinge beirren zu lassen.

„Dies ist eine ungewöhnliche Bitte, lieber Mann", sagte der König, „doch will ich sie Dir gewähren. Ich hoffe, dass Dein Anliegen so wichtig ist, wie Du vorgibst, denn wenn nicht, werde ich Dich streng bestrafen, weil Du mir in diesen schweren Stunden meine Zeit stiehlst."

Zum großen Erstaunen aller Umstehenden verließ der König mit dem vermeintlichen Bittsteller den Thronsaal, wies sogar den Polizeichef zurück, der - angeblich wegen der Sicherheit seines Herrn besorgt - mitgehen wollte. Kaum hatte sich die große Tür geschlossen, sagte der „Köhler" mit gedämpfter Stimme

„Majestät, ich weiß wo Eure Tochter sich befindet. Ihr braucht Euch keine Sorgen mehr zu machen, denn ich habe sie aus den Händen der Entführer befreit. Sie ist in Sicherheit."

Die Augen des Königs leuchteten vor Freude auf und er wollte den „Köhler" mit Fragen bestürmen. Dieser bat aber um Verständnis, dass er jetzt den Aufenthaltsort nicht verraten könne, denn wenn etwas durchsickere, sei das Leben der Prinzessin keinen Pfifferling mehr wert, und er könne auch seinen Plan, die Rädelsführer am Hofe sich selber entlarven zu lassen, nicht mehr ausführen.

„Habt Geduld, Majestät, Ihr könnt mir vertrauen. Ihr werdet bald Euer Kind wieder

in die Arme schließen können. Ich habe folgenden Plan, hört mir bitte zu: Die Täter müssen glauben, dass ich Euch Eure Tochter gegen ein Lösegeld angeboten habe, wir aber nicht handelseinig geworden sind. Wenn wir gleich in den Thronsaal zurückkehren, lasst Ihr mich von Euren Wachen festnehmen. Erst nach meinem Ausruf, dass die Prinzessin sterben müsse, wenn ich nicht bis zu einem bestimmten Zeitpunkt in mein Versteck zurückgekehrt sei, gebt Ihr mich scheinbar widerstrebend wieder frei. Dies wird genügend Aufruhr geben, und die entsprechenden Leute werden informiert sein. Besonders meinen letzten Ausruf, das ich jetzt bereit sei, die Prinzessin dem Meistbietenden für einen guten Batzen Geld zu überlassen, werden sie mit besonderer Aufmerksamkeit registrieren und entsprechend reagieren."
Sie besprachen noch schnell einige Einzelheiten des weiteren Vorgehens.
Alles wurde wie geplant ausgeführt, als sie wieder in den Thronsaal zurückkamen, und der „Köhler" beobachtete dabei die

Gesichter der Umstehenden sehr sorgfältig, besonders das des Hauptfeindes, des königlichen Neffen. Voller Argwohn gingen dessen verschlagene Augen zwischen „Köhler" und König hin und her, und dann verließ er plötzlich, unbemerkt wie er glaubte, durch eine kleine Seitentür den Thronsaal.

Natürlich hatte der „Köhler" sein Verschwinden wohl registriert, denn damit hatte er ja gerechnet, und war von diesem Augenblick an besonders auf der Hut. Ihm fielen sehr bald die dunklen Gestalten auf, die seinen Weg in Richtung Wald beobachteten. Doch er war sicher, dass man nichts unternehmen werde, bevor er nicht den Waldsaum erreicht hatte.

Und wirklich, kaum war er auf dem breiten Weg zwischen den ersten Bäumen des Waldes angelangt, bemerkte er deutlich, dass er nicht alleine war. Das vertraute Gezwitscher seiner gefiederten Freunde war verstummt. Sie waren durch irgendetwas Fremdes gestört und vertrieben worden.

Die dunklen Schatten der Nacht standen schon zwischen den Bäumen und dem Strauchwerk. Seine Feinde fanden also überall ideale Verstecke.

Hinter der nächsten Wegbiegung sah er sie dann. In seinem schwarzen Umhang, den er, auf dem Pferd sitzend, dicht um sich geschlungen hatte und mit seinen zwei unheimlichen Begleitern, die neben ihm ritten, sah der Neffe des Königs fast wie der Leibhaftige aus.

Einem unvorbereiteten Mann hätte es schon sehr mulmig werden können, vor allem da das Heulen des Windes durch die Baumstämme dazu eine gespenstische Begleitmelodie lieferte.

Der „Köhler" ließ sich jedoch nicht beeindrucken. Er blieb wenige Schritte vor den vermummten Gestalten stehen und wartete.

Mit drohender Stimme, die Hand demonstrativ auf dem Schwertknauf, verlangte der Rädelsführer die Herausgabe der Prinzessin.

Als der Köhler nicht reagierte, veränderte

sich das Verhalten des Verschwörers. Zuerst mehr und mehr drohend, dann einschmeichelnd und schließlich sehr geschäftsmäßig feilschend versuchte er, sein Ziel zu erreichen.

Er bot dem „Köhler" schließlich eine sehr hohe Summe, und nach einigem Hin und Her wurde man sich sogar scheinbar handelseinig. Die Prinzessin sollte in der folgenden Nacht an der nämlichen Stelle übergeben werden.

Nachdem er noch in einem Versteck wohl zugewartet hatte, dass alle Schergen des „Schwarzen" abgezogen waren, eilte der „Köhler" zu seiner Hütte.

Die Prinzessin hatte sich schon große Sorgen gemacht, weil der ganze Tag in der Einsamkeit des Waldes verstrichen war, ohne dass sie ein Lebenszeichen von ihrem Liebsten erhalten hatte.

Schnell erzählte der Retter ihr die Geschehnisse des Tages und erklärte ihr auch seine Pläne für das weitere Vorgehen, die im Übrigen mit ihrem Vater abgesprochen seien.

Ausdrücklich hatte er dem König abgeraten, bei der Festnahme des Verschwörers und seiner Helfershelfer die Soldaten der Leibwache einzubeziehen, weil man nicht wissen könne, wem man überhaupt noch trauen konnte. Das gleiche galt für die Edelleute am Hof.

Doch der „Köhler" wusste in den umliegenden Dörfern eine große Zahl handfester, ihrem König und vor allem ihrem früheren Herrn treu ergebener Männer, denen es eine Ehre sein würde, in der Notlage des Reiches und vielleicht zur Ehrenrettung ihres früheren Herrn alles zu riskieren. Diese sollten die ganze Umgebung des Treffpunktes weiträumig abriegeln und zwar frühzeitig, weil der „Köhler" sich natürlich sicher war, dass sein Widersacher keinen ehrlichen Handel im Sinne hatte. Sicher würde er versuchen, ihn, den gefährlichen Mitwisser, mit Hilfe seiner Männer, die um den Übergabeplatz auf der Lauer liegen würden, zu beseitigen.

Der ganze nächste Tag war mit den Vorbereitungen und den genauen Einweisungen seiner Männer ausgefüllt. Sie sollten unbedingt unsichtbar bleiben und erst auf ein Zeichen von ihm vorrücken und den Ort abriegeln.

Die Schatten wurden allmählich länger und oberflächlich gesehen war alles wie immer im Wald. Der aufmerksame Beobachter jedoch sah sehr wohl die nach und nach in den Wald einsickernden bewaffneten Männer, die sich dicht um den Übergabeplatz im Unterholz verbargen.

Die Nacht kam jetzt schnell und die Dunkelheit mit ihrem unheimlichen Schattenspiel besetzte den Wald.

Der lockende Ruf eines Kauzes hallte über den Wald, wenig später der hohle Ruf einer Eule und das Schnarren eines Hähers. Die Zeichen waren also gegeben, und es würde sich bald zeigen, ob die Gewalten der Finsternis über das Gute siegen konnten.

Und dann kamen sie. Wie eine immer bedrohlicher werdende Phalanx ritten der Neffe des Königs und seine beiden dunklen Gesellen den Weg herauf auf den Treffpunkt zu.

Der „Köhler", gefolgt von einer tief verschleierten Person, trat den Reitern entgegen.

„Schick die Prinzessin hierher, dann werde ich Dir Deinen wohlverdienten Lohn geben." Die Stimme sollte freundlich klingen, sie triefte aber vor Hohn, weil der schwarze Ritter glaubte, seine List sei gelungen.

Er war umso überraschter, als der Köhler plötzlich laut rief:

„Euer Spiel ist aus, Prinz Hagen. Ihr werdet weder die Prinzessin in Eure Hand bekommen, noch sie jemals heiraten, um dadurch irgendwann König zu werden!"

„Du Wurm", kam die heisere Antwort. „Du glaubst doch nicht, dass Du das verhindern kannst. Einmal hast Du mir die Prinzessin schon abgejagt, doch jetzt ist Schluss."

Seine Wut über die unerwartete Entwicklung kannte keine Grenzen.

„Zuerst werde ich die Prinzessin zur Frau nehmen, notfalls mit Gewalt. Dann werde ich den König umbringen", lachte er höhnisch, „und dann werde ich der rechtmäßige König sein."

Er hob den Arm und rief laut: „Ergreift die Beiden!"

Doch wie aus dem Boden gewachsen standen plötzlich Männer mit angelegten Lanzen dicht um die Reiter, die so keinerlei Bewegungsfreiheit mehr hatten, und aus den Büschen traten weitere Bewaffnete, die die Männer der Verschwörer mit dicken Stricken gebunden vor sich her auf den Weg stießen.

Die Person hinter dem „Köhler" trat nun vor und zog ihre Vermummung herunter.

Es war der König, der darauf bestanden hatte, sich auf dieses gewagte Spiel einzulassen, um aus nächster Nähe die Entlarvung der Verschwörer zu erleben. Mit wütender Stimme rief er in die plötzliche Stille:

„Nun habe ich Dein schmutziges Spiel durchschaut. Du wirst Dich wegen Hochverrats verantworten müssen, Neffe."

Tief enttäuscht fügte er noch hinzu, dass er selber dafür sorgen werde, dass den Verräter die volle Härte des Gesetzes treffen werde.

Die schnelle Bewegung, die einer der grimmigen Begleiter des Verdammten machte, war kaum wahrnehmbar. Dennoch hatte der Köhler sie bemerkt, denn er hatte mit einer solch feigen Tat bis zum Schluss gerechnet. Das aus einer besonderen Halterung im Ärmel des Mannes geschleuderte Messer sollte im letzten Augenblick das Blatt noch wenden und den König töten.

Der „Köhler" sprang vor den König, hob blitzschnell die Wunderblume „Güldenfein" hoch und streckte dem finsteren Gesellen die leuchtendrote Blüte entgegen.

Auch hier wirkte der Zauber der Blume wieder. Die Flugbahn der Waffe wurde abgelenkt und mit einem dumpfen Geräusch drang die rasiermesserscharfe Klinge dem enttarnten Entführer zwischen die Schulterblätter ein, sodass er tödlich getroffen vom Pferd fiel.

Der unheimliche Messerwerfer aber war verschwunden und jeder, der vor Entsetzen bis ins Mark erschütterten Helfer beschwor später, das unheimliche Lachen und die kreischende Stimme des Teufels gehört zu haben, die jedem das Blut in den Adern gefrieren ließ.

„Eine Seele habe ich schon, andere werden folgen!"

Nach einiger Zeit hatte sich der König von seinem Entsetzen erholt und trat zum „Köhler".

„Dir gebührt der Dank für die Rettung meines Kindes, meines Reiches und meines eigenen Lebens. Nun dürfte wohl die Zeit gekommen sein, Deine wahre Identität zu entdecken, denn dass Du kein einfacher Köhler bist, ist wohl jedem klar!"

„Ich bin Gerhardus von Wielenberg, Euer früherer Berater, der von Eurem Neffen aus Eifersucht und aus Machtgier vergiftet, aber von der Wunderblume Eurer Tochter gerettet wurde."

„Lieber Graf Wielenberg, jetzt fällt es mir wie Schuppen von den Augen!
Deshalb war mir auch Eure Stimme so vertraut! Ich dachte natürlich, ihr wäret tot! Ich habe Euch sehr vermisst! Ich möchte, dass Ihr wieder an den Hof zurückkehrt, als

mein Berater und Freund. Natürlich erhaltet Ihr Eure Güter zurück und auch Eure Burg im Wald wird wieder aufgebaut, dafür werde ich sorgen. Und Eure Leute, um die es sich ja sicher hier handelt, werde ich reich belohnen"

Die Männer aus den Dörfern drängten heran und ließen ihren Herrn und den König hoch leben.

Man kehrte an den Hof zurück und die überschwängliche Freude, mit der die Prinzessin, die mittlerweile zum Schloss gebracht worden war, nach ihrem Vater dann auch ihren Retter begrüßte, ließ den König erkennen, dass die beiden jungen Leute ihr Glück gefunden hatten.

Ein großes Problem war noch zu lösen; die beiden Verliebten mussten dem König klar machen, dass, sobald die Burg im Walde wieder aufgebaut sei, sie beide sich dorthin zurückziehen würden und nicht mehr am Hofe leben wollten.

Es fiel dem König schwer, dies zu akzeptieren, doch letztendlich wollte er dem Glück seiner Tochter, die er vor kurzem erst

für immer verloren zu haben glaubte, nicht im Wege stehen.
Er war ein weiser König und er akzeptierte schließlich - wenn auch schweren Herzens – die Entscheidung der beiden jungen Leute.
Und immer wenn ihn das Amt schwer drückt, findet er Ruhe und Erholung und einen wohlfeilen Rat in der Stille der Wälder."

+++++

Der Graf setzte sich zurück. Die Zuhörer starrten in den Kamin, in dem es nur noch glimmte, und jeder hing seinen Gedanken nach. Bald begaben sich alle zur Ruhe, müde von der Jagd, angenehm schwer in den Gliedern vom Feuer des Weins und zufrieden, dass wieder einmal das Gute über das Böse gesiegt hatte, was leider – Gott sei es geklagt – nicht allzu häufig geschieht.

Der nächste Morgen brachte keine Wetterbesserung. Es fielen immer noch dicke Schneeflocken aus den grauen Wolken, die faul und träge über dem See hingen, als wollten sie sich nie mehr weg bewegen. Vielleicht konnten sie auch nicht mehr weiter, weil ihre dicken Leiber eingeklemmt saßen zwischen den steil zum See abfallenden Felsen.

Sie saßen einfach fest und mussten erst ihre schwere Schneelast loswerden, bevor sie sich wieder auf dem Rücken des

Bergwindes davonmachen konnten. Aus dem Kamin der Hütte kräuselte Rauch und drinnen in der gemütlichen Wärme saß die Jagdgesellschaft beim Frühstück. An einen Abstieg war auch heute nicht zu denken, und eigentlich freuten sich alle auf einen weiteren Tag und eine weitere Nacht in der verwunschenen Einsamkeit hier in Gottes ureigenstem Zaubergarten und natürlich auf die weiteren Geschichten.

Nach dem Gastgeber war nun der Prinz, der zu der Gesellschaft gehörte, an der Reihe. Und nachdem der seine Pfeife gestopft hatte, ließ er sich nicht lange bitten und begann mit seiner Erzählung.

Die Erlösung der traurigen Prinzessin

„Hinter dem großen Strom, der schon seit vielen tausend Jahren das Wasser der Bergriesen im Süden zum Meer transportiert und noch jenseits des dunklen Waldes, der sich an den Ufern dieses gewaltigen Stroms hinzieht, lag ein kleines Ländchen mit schmucken Dörfern und einer Hauptstadt mit der Burg des Königs.

Der König hatte eine wunderschöne Tochter, die alle, die sie sahen, mit dem Blick ihrer wunderschönen Augen bezauberte. Man hatte die Prinzessin noch niemals von Herzen lachen gesehen. Die Augen blickten traurig und manchmal, wenn sie in die Ferne schaute, als ob sie etwas suche oder als ob sie jemanden erwarte, kullerten einige silberne Tränen über ihre rosigen Wangen. Alle ihre Untertanen, die die Prinzessin sehr verehrten, wunderten sich mehr und mehr, warum ihre schöne Königstochter nur so traurig sei.

Manche zogen zum Schloss auf den Berg und versuchten mit Geschenken, die sie selbst gebastelt hatten, die Prinzessin heiter zu stimmen. Sie dankte ihnen zwar mit einem lieben Lächeln, doch ihre Augen blieben traurig. Auch wenn Musikanten zum Schloss zogen und die lieblichsten Lieder auf ihren Flöten und Fideln spielten, änderte sich nichts.

Der König war genauso besorgt um seine Tochter wie sein Volk. Nachdem er schließlich alle weisen Männer seines Reiches vergebens um Rat gefragt hatte, ließ er eines Tages die Hexe Miriam zu sich rufen, die in ihrer Hütte im Wald am großen Strom lebte.

Die Hexe erklärte dem König, dass es eine Prophezeiung gäbe, dass die Königstochter erst dann wieder fröhlich werde, wenn ein Prinz aus dem Ostland seinen Weg über den großen Strom fände und um ihre Hand anhielte.

Der König ließ diese Neuigkeit im ganzen Land verbreiten und befahl, die Nachricht auch in den Nachbarkönigreichen zu verbreiten.

So mancher Jüngling zog von Zuhause fort zum großen Strom und versuchte, in das Land der traurigen Prinzessin zu gelangen.

Keiner schaffte es jedoch über das große Wasser, denn es gab keine Brücke und kein Fährmann wagte mit seinem kleinen Schiffchen die ungewisse Fahrt.

Nach vielen Monaten drang die Kunde von der traurigen Prinzessin und der Weissagung auch zu einem kleinen Lehen weit im Osten hinter den dunklen Wäldern, die als die Heimat der Winde bekannt war.

Der Sohn des Freiherrn hörte die Geschichte und lief sofort zu einer kleinen Bauernkate, in der ein altes Weiblein hauste, dass, solange er sich erinnern konnte, als Kräuterweiblein im Dienste seiner Familie gestanden hatte. Zu diesem Weiblein hatte der Junge schon immer eine besondere Beziehung gehabt.

Zu ihr war er gelaufen, wenn er sich bei den wilden Spielen verletzt hatte, denn sie kannte für seine Wunden so wunderliche Heilmittel und für den wachen Verstand so manch wundersame Geschichte.

Als hätte sie ihn schon erwartet, erzählte sie ihm, was sie von der Prophezeiung wusste. Nur derjenige werde jemals den

breiten Strom überwinden, der in einer Vollmondnacht drei gute Taten vollbrächte.
Nachdem sie ihm noch einige gute Ratschläge gegeben und ihm besonders ans Herz gelegt hatte, gegen Alte und Schwache rücksichtsvoll zu sein, nahm der junge Prinz sein Bündel und seinen Knotenstock, sagte seinen Eltern ein Lebewohl und zog unbeschwert und guten Mutes in Richtung Westen.
Nachts schlief er in Heuschobern oder einfach unter dem Sternenzelt, seinen Kopf zwischen die herrlich duftenden Kornblumen gebettet, lebte von den Früchten des Waldes und trank am Morgen die Tautropfen aus den Blütenkelchen oder schöpfte Wasser aus den klaren Bächen.
Ab und an passierte es auch, wenn er zur Mittagszeit an einem Gehöft vorbei kam, dass er von den Bauersleuten ob seines freundlichen Wesens an den Mittagstisch gebeten wurde.
Manchmal half er sogar gegen Gotteslohn den Bauern Arbeiten zu verrichten, für die mehr Hände erforderlich waren als auf dem

Hof vorhanden. Und das eine oder andere Mal versuchte man ihn zu überreden, sich doch gegen gute Bezahlung als Knecht oder gar als Verwalter zu verdingen.
Doch der junge Mann lehnte immer freundlich ab, denn eine unbestimmte Sehnsucht im Herzen veranlasste ihn, weiter zu ziehen, immer nach Westen.

Nach vielen, vielen Tagen, als er schon langsam glaubte er würde sein Ziel wohl nie erreichen, stieg der Waldweg, auf dem er sich gerade befand, mal wieder steil an und wand sich einen Hügel hinauf.
Oben angekommen, kletterte der Junge auf einen Baum, um sich zu orientieren. Er spähte nach Westen und da sah er, dass sieben Berge vor ihm lagen. Er erinnerte sich an die Aussage des Kräuterweibleins in seinem Dorf, dass der große Strom hinter sieben Bergen liege.
Nun wusste er, dass er bald am Ziel sein würde und beschloss, möglichst ohne Pause, auch bis in die späte Nacht hinein, weiter zu wandern, um endlich das große Wasser zu erreichen.

Der erste Berg, auf dem Säulen aus Basalt wie Bäume aus der Erde wuchsen, war bald bezwungen, und auch der zweite und der dritte Gipfel lagen bald hinter ihm. Er ging forschen Schrittes weiter, obwohl es jetzt im Wald sehr dunkel war und er teilweise den Weg nur ahnen konnte.
Es war ihm schon ein bisschen unheimlich, doch er pfiff ein Lied, wie um allem Bösen, das vielleicht auf ihn lauerte zu zeigen, dass er keine Angst habe.
Urplötzlich stand die klapperdürre Gestalt eines alten Mannes vor ihm.
Der Jüngling hatte überhaupt nicht gesehen, woher dieser so plötzlich aufgetaucht war.
Der Mond in seiner ganzen Größe kroch in diesem Augenblick hinter einer dicken Wolke hervor, hinter der er sich wohl noch ein wenig ausgeruht hatte, bevor er seine Arbeit beginnen musste. Heute brauchte er besonders viel Kraft, weil er seine ganze Fülle mitschleppen musste. Das war immer äußerst anstrengend.
Ganz deutlich sah der Junge jetzt die

ärmliche Gestalt vor sich. Die Hose und das Wams des dürren Männleins waren abgetragen und durchgeschlissen, und statt Stiefel trug er nur Fußlappen.

Trotz seines Schreckens und natürlich um seinen Mut zu beweisen, grüßte der Jüngling den Alten sehr freundlich, wenn auch mit einer etwas belegten Stimme. Mit heller Fistelstimme antwortete ihm der Mann und fragte nach seinem Woher und Wohin.

Bereitwillig gab der Junge Auskunft. Er wolle zum großen Strom und zwar heute noch, um am nächsten Tag eine Überfahrtmöglichkeit zu finden. Deshalb habe er es auch ein wenig eilig.

Er wollte an dem Alten vorbeigehen, als dieser ihn um einen Gefallen bat:

„Wie du siehst, habe ich keine Stiefel mehr. Die sind mir bei der Überquerung eines Baches, als ich sie zusammen geknotet über der Schulter trug, heruntergerutscht und im Wasser davon getrieben, bevor ich sie greifen konnte. Bitte, gib mir Deine Stiefel, denn meine alten Füße schmerzen sehr und wollen bald den Körper nicht mehr tragen."

Der junge Wanderer überlegte nicht lange, öffnete die Schnürsenkel und reichte dem Alten seine Stiefel.

Ohne den Dank abzuwarten, schritt er leichtfüßig auf dem weichen Moospolster des Waldweges davon. Er hörte gerade noch den Segensgruß des alten Mannes, da lief er um eine Wegbiegung und hatte den Vorfall bald vergessen. Seine Beine griffen ohne Stiefel aus als seien sie von einer Last befreit.

Der Weg führte jetzt steil den nächsten Berg hinauf. Die dunklen Tannen standen ganz dicht am Rand des Wegs, so als ob sie neugierig herangetreten wären, den nächtlichen Wanderer zu betrachten. Ein leises Wimmern ließ den Jüngling plötzlich verharren und lauschen.

Er schaute sich um und bemerkte unter einer mächtigen Tanne ein altes Weiblein neben einem umgestürzten Handwagen.

Das Gewicht des hoch mit Reisig beladenen Wagens hatte wohl ihre Kräfte überfordert. Das Gefährt war in der Steigung rückwärts gerollt und schließlich umgestürzt.

Der junge Wanderer sprang hinzu, richtete schnell das Gefährt wieder auf, schichtete das Reisig darauf, fand sogar noch Platz für das alte Weiblein und zog die für ihn geringe Last den steilen Weg hinauf zum Bergrücken.

Unter mächtige Tannen geduckt stand dort ein wenig abseits des Wegs eine kleine Hütte, in der das Weiblein hauste.

Sie bat ihn, mit hinein zu kommen, damit er sich etwas stärken könne.

Er trank ein Glas Beerensaft und aß dazu ein Stück herrlich duftendes Brot, das nach Anis, Koriander, Fenchel, Kümmel und vielen anderen Kräutern schmeckte, die er gar nicht bezeichnen konnte.

Beim Abschied gab ihm das Weiblein als Dank einen kleinen goldenen Schlüssel an einer goldenen Kette und flüsterte geheimnisvoll:

"Wann immer eine Tür verschlossen ist, kannst Du diesen Schlüssel nutzen."

Er hing sich das Geschenk um, bedankte sich und ging seines Weges, froh, der alten Frau geholfen zu haben.

Mit weit ausgreifenden Schritten folgte er dem jetzt abschüssigen Weg, erklomm den nächsten Gipfel und dann den nächsten und schritt immer noch frisch voran, als könne er überhaupt nicht müde werden.

Der volle Mond mit seinem breiten Lächeln beschien immer noch seinen Weg, ließ ab und zu die weißen Kiesel quasi als Wegweiser leuchten und überzog die Büsche und Gräser mit purem Silber.

Hinter einer Wegbiegung kam der Junge an einer Lichtung vorbei und plötzlich glaubte er, ein leises Weinen zu hören.

Zuerst dachte er, er habe sich getäuscht und es wäre nur das leise Seufzen der Bäume gewesen, die sich im Wind wiegten.

Doch nach einigen Schritten, hörte er das Weinen deutlicher. Es war mehr ein leises Wimmern. Er sah sich suchend um, ging dem Geräusch nach und fand - an einen Baum gelehnt - eine Weidenkiepe, in der ein kleines Kind steckte.

Wie war es hierher gekommen? Er ging weiter und nach wenigen Schritten sah er hinter einem dicken Baum auf der Erde eine reglose Gestalt liegen.

Er beugte sich über sie und sah, dass es eine Frau war, die hier ohnmächtig lag, und er sah auch den Grund für die Ohnmacht.

Ein dicker Ast war heruntergestürzt, wohl vom Winde abgebrochen, und hatte sie am Kopf getroffen. Der schwere Ast lag nun auf der Frau.

Der Junge berührte ihre Schultern und rüttelte sie leicht. Zu seiner Erleichterung gab sie ein leises Stöhnen von sich. Sie blutete aus einer Platzwunde an der Stirn. Das Blut war noch frisch, sie konnte also noch nicht lange hier liegen. Schnell wuchtete der Wanderer den schweren Ast weg, befeuchtete sein Taschentuch mit Wasser aus seiner Trinkflasche und tupfte ihr Gesicht ab. Dadurch kam die junge Frau wieder zu sich, schlug die Augen auf und starrte zuerst verständnislos um sich.

Dann ging ihr Blick suchend umher. Der Junge wusste die ängstlichen Blicke richtig zu deuten und legte die Binsenkiepe mit dem Kind neben sie. Sofort wurde die Frau ruhiger und erzählte ihm schließlich, dass sie von ihrem Dorf im Wald, in dem sie mit ihrem Mann, einem Förster, wohne, auf dem Weg zu ihren Eltern sei, um diesen ihren Enkel zu zeigen, den sie noch nicht gesehen hatten.

Die Eltern wohnten in Koningera, einem Dorf am großen Strom, und weil der Weg lang und mit einem Kind auf dem Rücken auch beschwerlich sei, sei sie schon mitten in der Nacht aufgebrochen. Sie hatten also den gleichen Weg über das Gebirge zum großen Wasser, und so gingen sie gemeinsam. Der Junge trug die Kiepe mit dem Kind und die Frau war dankbar dafür, war sie doch durch den Unfall noch ein wenig schwach.

Ganz allmählich dämmerte nun der Tag, der Himmel überzog sich mit einer silbernen Blässe und der dicke Mond hatte nach seiner beschwerlichen Nachtarbeit nun bald den Punkt erreicht, an dem er sein Bett stehen hatte, um sich auszuruhen und sich vor der beängstigenden Helligkeit seiner Feindin, der Sonne, zu verbergen. Er würde sich bald seine Schlafdecke über den Kopf ziehen können und sich um den ganzen Mumpitz, den man „Tag" nennt, nicht mehr kümmern. Er freute sich schon darauf, von herrlichen Sternenwiesen zu träumen, auf denen es sich so gut ausruhen lässt, wenn man auf dem Weg durch den Himmel zu viel von der „Milchstraße" genascht hat.

Mittlerweile hatten der Junge und die Frau den letzten Bergrücken erreicht und sahen schon das große Wasser, dessen unermessliche Fläche das Silbergrau des neuen Tages widerspiegelte.

Sie schritten hurtig talwärts und erreichten das Dorf Koningera gerade als die ersten Sonnenstrahlen neugierig über den Horizont lugten.

Mit großer Freude wurde die Tochter und der Enkel im Elternhaus begrüßt, und natürlich wurde auch der Retter und Helfer mit offenen Armen empfangen. Man bewirtete ihn mit dem Besten, was Küche

und Keller hergaben und nachdem er das Ziel seiner Reise genannt hatte, versuchte man ihm auch allerlei Ratschläge zu geben, obwohl man auch voller Mitgefühl und Bedauern ob der Aussichtslosigkeit seines Unterfangens ihm klar machen wollte, dass es noch keinem gelungen sei, dass große Wasser zu überwinden.
Man nannte ihm auf sein intensives Drängen hin den Namen eines mutigen Schiffers im Nachbardorf Honnesia, der es schon mehrmals gewagt hatte, weit in die unheimlichen, Menschen verschlingenden Nebel hinein zu rudern, die über dem großen Strom wallten.
Nach der ausgiebigen Ruhepause und einer üppigen Stärkung drängte es den jungen Wanderer zum Aufbruch.
Er schlug das Angebot aus, doch wenigstens einen Tag zu bleiben, schnürte sein Bündel, nahm den Knotenstock und wollte mit einem freundlichen „Vergelt´s-Gott!" davon gehen, als die Mutter der jungen Frau vor ihn trat und einen Goldring vom Finger zog, den sie dem Jungen mit

den Worten reichte:
„Du hast unsere Tochter und unseren Enkel gerettet. Sie sind das Liebste, was wir haben auf Erden.
Diesen Ring habe ich von meiner Mutter bekommen und die wiederum von ihrer Mutter und so weiter, und so weiter. Meine Vorfahren glaubten, dass der Ring magische Kräfte hat, weil es dem Goldschmied vor Urzeiten gelungen war, zwei verschiedenfarbige Goldarten zu einem Ring zu vereinen.
Dort wo die beiden Goldarten sich vereinen, hat der Künstler einen Brillanten von herrlicher Leuchtkraft eingefügt, der heller strahlt als tausend Sonnen.
Man muss über die beiden Teile des Ringes streicheln und den Stein, das sogenannte „Auge der Liebe", zur Sonne halten, dann ist man vor aller Unbill gefeit und das Glück ist gemacht."
Ohne Zögern nahm der junge Wanderer den Ring, denn er wusste, dass man ein solches Geschenk nicht ablehnen darf. Er bedankte sich, hängte sich den Ring zu

dem kleinen Schlüssel um den Hals und ging seines Wegs.
Schnell war der mutige Schiffer gefunden. Es bedurfte allerdings großer Umredungskünste, bis er sich bereit erklärte, noch einmal das gefährliche Unternehmen zu wagen. Und nur weil ihn die unbedingte Beharrlichkeit des Jünglings in der Verfolgung seiner Ziele beeindruckte, stimmte der Schiffer schließlich zu, am nächsten Morgen, wenn durch die wärmenden Sonnenstrahlen die Nebel über dem unheimlichen Wasser zu steigen begännen, mit seinem Nachen in See zu stechen.

Und dieser Morgen kam dann auch endlich. Nach geschäftigen Vorbereitungen und mehrmaligem Kontrollieren der Segel, der Riemen, des Schiffsleibs, den er frisch kalfatert hatte, und des Proviants, trieben schließlich harte Ruderschläge das kleine Schiff vom Ufer weg.
Der Schiffer ruderte wie ein Uhrwerk. Bald verschwamm das Ufer in den ersten Nebelschwaden und nach einem weiteren Dutzend langer Ruderschläge war vom Ufer

nichts mehr zu sehen. Die Welt rundum war wie in dicke weiße Watte gepackt. Es war unheimlich.

Plötzlich fing das Boot an zu tanzen, es wurde in ein Wellental gerissen, kippte dann senkrecht hoch, um den Wellenberg zu erreichen und sauste sofort wieder in einer höllischen Talfahrt abwärts.

Mit versteinertem Gesicht tauchte der Schiffer seine Riemen weiter ins Wasser, während sich der Junge an den Bordwänden festkrallte.

Auf und ab, schlingern und eintauchen, hüpfen über weiße Gicht, kränken fast bis zum Umkippen und doch weiter in die angesteuerte Richtung laufend, so bewegten sie sich gekonnt durch den undurchdringlichen Nebel.

Und doch war dann plötzlich ein quer laufender Wellenberg zu viel da. Er knallte dem gerade abwärts rasenden Boot voll in die Seite und schlug es um wie eine Nussschale.

Der Junge sah noch wie der Schiffer einen Rettungsring ergriff und dann wie ein

Korken auf dem Wasser trieb, da wurde sein Kopf von der nächsten Sturzwelle unter Wasser gedrückt, und er glaubte sein Ende sei gekommen.
Instinktiv strampelte er mit den Füßen, kam wieder hoch, und sah dann mitten im Nebel einen alten Mann stehen, der ihm merkwürdig bekannt vorkam und der ihn zu sich heranwinkte.
Ohne zu überlegen, versuchte der Junge ein Bein vor das andere zu setzen, und siehe da, seine nackten Füße berührten plötzlich festen Boden. Er stand auf einer Buhne aus riesigen Basaltsäulen, folgte der verschwommenen Gestalt des Alten, bis er schließlich das Knirschen des Ufersandes unter den Füßen spürte.
Jetzt wusste er, dass auch er gerettet war und das langersehnte Ufer erreicht hatte.
Die Nebel waren verschwunden. Heller Sonnenschein begrüßte ihn am Ufer, doch der alte Mann war nirgends zu sehen.
Obwohl er sich gründlich umschaute und noch einmal über die Böschung zum Wasser zurückging, konnte er ihn nicht

mehr finden. Dafür sah er an einem Ast ein Paar Stiefel hängen, seine Stiefel wie er sofort sah, die er im Gebirge vor vielen Tagen dem Bettler gegeben hatte.
Nun wusste er auch, wo er den Mann im Nebel schon einmal gesehen hatte.
Er schlüpfte in seine Stiefel, verließ das Ufer und ging in der herrlich wärmenden Sonne über eine duftende Blumenwiese.
Bald waren seine Kleider getrocknet. Leichtfüßig schritt er voran und erreichte schnell den Rand eines Fichtenwaldes, in den er ohne Zögern eindrang.
Er musste sich durch dichtes Gestrüpp arbeiten und es schien fast so, als ob die nahezu undurchdringliche Barriere absichtlich errichtet worden sei, um zu verhindern, dass er weiter seines Weges zog.
Doch das konnte ihn nicht abhalten.
Allmählich wurde dann auch das Unterholz spärlicher und gab schließlich eine Lichtung frei, in deren Mitte, geduckt unter einige mächtige Tannen, eine kleine Hütte stand.
Dem Wanderer kam die Szene irgendwie

bekannt vor, als ob er hier schon einmal gewesen sei, was aber ja völlig unmöglich war.

Noch bevor er klopfen konnte, bewegte sich die Tür quietschend in den Angeln und vor ihm stand das Weiblein, dem er vor vielen Tagen geholfen hatte, das Reisigwägelchen zu ziehen. Sie ließ ihn ein und sagte zu ihm:

„Die Leute nennen mich Miriam, die Hexe. Ich habe Dich aus Liebe zu unserer Prinzessin geprüft und will Dir helfen, sie zu gewinnen. Deine drei guten Taten hast Du ja vollbracht, wie mir der dicke Mond erzählte. Doch hüte Dich vor dem Haushofmeister des Königs, der ist Dein größter Feind. Er wacht eifersüchtig über die Prinzessin und versucht mit allen Mitteln zu verhindern, dass der langersehnte Prinz aus dem Ostland zur Prinzessin vordringen kann. Du musst acht geben. Sobald Du den Wald verlässt, kann ich Dir nicht mehr helfen, dann bist Du in seinem Einflussgebiet. Er hat seine Spione überall. Meide die Wirtshäuser und Herbergen. Er erfährt alles."

Am nächsten Morgen wies sie ihm den Weg aus dem Wald, ermahnte ihn noch einmal zur Vorsicht und war plötzlich verschwunden, wie vom Erdboden verschluckt. Ihre letzten Worte blieben dem Jüngling in den Ohren und er dachte lange über ihren Sinn nach.

„Der Schlüssel wird das Eisen biegen, das Auge der Liebe wird den Feind besiegen."

Weil er an die eindringliche Warnung des Weibleins dachte, mied er für seinen weiteren Weg die breiten Straßen und gelangte schließlich auf schmalen Feldwegen, immer die Dörfer umgehend, zur Hauptstadt des Ländchens der traurigen Prinzessin.

Die Stadt lag zu Füßen eines steilen Berges, auf dessen Höhenrücken das Schloss des Königs in schwindelerregender Höhe gebaut war. Es gab nur zwei Zugänge zum Schloss, die Zugbrücke über den tiefen Graben, die von der Schlosswache streng kontrolliert wurde und einen kleinen Steg an der Rückseite der

Burg, der in eine steile Treppe mündete, die sich mit ihren endlosen Stufen an der Burgmauer entlang bis zu einer kleinen Tür in schwindelerregender Höhe unterhalb des Wehrgangs zog.

Der junge Edelmann wagte nicht, durch den Haupteingang zu gehen, sondern wartete bis zur Dunkelheit und kletterte dann flugs die steile Treppe zu der kleinen Pforte hinauf. Doch wie groß war seine Enttäuschung, als er das große Vorhängeschloss auf der Tür sah.

Wie sollte er nur ohne Werkzeug hinein gelangen? Er erinnerte sich zwar an den Spruch der Hexe Miriam, aber wie sollte ein solch kleiner Schlüssel das riesige Eisenschloss öffnen können?

Ohne sich viel Hoffnung zu machen und mehr um überhaupt irgendetwas zu tun, steckte er den Schlüssel in das rostige Schloss und versuchte ihn zu drehen.

Es knirschte und knackte, und zu seinem maßlosen Erstaunen sprang plötzlich der große Eisenbügel auf, und er konnte die dicke Bohlentür aufdrücken.

Er stand in einem finsteren Gang, in dem in weiten Abständen voneinander Kienspäne in den Wandhalterungen blakten. Ganz vorsichtig folgte er dem Gang und kam schließlich in die große Halle der Burg. Es herrschte diffuses Dämmerlicht von einigen fast schon abgebrannten Wandfackeln und einem verglimmenden Kaminfeuer, und da er weder wusste, wie er mit der Prinzessin Kontakt aufnehmen, noch wohin er überhaupt gehen sollte, um sie zu finden, beschloss er, sich in der Halle hinter den breiten, von der hohen Decke bis auf den Boden drapierten Vorhängen zu verbergen, um sich ein wenig auszuruhen. Am nächsten Morgen hoffte er, die Prinzessin ansprechen zu können.

Jäh wurde er durch lautes Hundegebell aus seinem Dämmerschlaf gerissen. Einer der Wachhunde hatte seine Spur entdeckt und verbellte ihn wütend.

Im Nu waren die Wächter in der Halle, er wurde hinter dem Vorhang hervorgezerrt, und man schleppte ihn vor den Offizier der Wache.

Kaum hatte dieser begonnen ihn zu verhören, da wurde die Tür der Wachstube aufgestoßen und der Haushofmeister erschien mit wütendem Gesicht.

„Dieser Mann ist hier widerrechtlich eingedrungen", sagte er mit kalter Stimme. „Schmeißt ihn bei Tagesanbruch von der Mauer, zur Abschreckung für alle, die etwa auch auf die Idee kommen könnten, es ihm nachzutun."

Die Wachen schlossen den jungen Eindringling in eine kleine Kammer neben der Wachstube. Etwa eine Stunde später erschien der Haushofmeister in seinen Staatsgewändern und befahl, den Delinquenten nach draußen zu schaffen. Ungerührt sah er zu, wie die Wächter ihn mit grober Gewalt auf eine der hohen Zinnen der Wehrmauer hoben und sich anschickten, ihn in die Tiefe zu stoßen.

Gerade hob der brutalste der Wächter seinen Arm, um das Urteil zu vollstrecken, da rief der Haushofmeister:

„Halt, was hat der Bursche da um seinen Hals? Bring es mir her!"

Der Wächter riss mit einem harten Ruck das dünne Kettchen herunter und brachte die Beute seinem Herrn.

Erstaunt betrachtete dieser das goldene Schlüsselchen, das wohl im Stande gewesen war, das riesige alte Schloss zu öffnen und steckte es sorgfältig ein.

Mit noch größerer Verwunderung nahm er jetzt den Ring zwischen seine klobigen Finger. Er strich über die verschiedenfarbigen Ringhälften und drehte und wendete den Ring hin und her.

Plötzlich schrie er ganz entsetzlich auf und schlug die Hände vor sein Gesicht.

Der erste Sonnenstrahl des neuen Tags hatte sich im „Auge der Liebe" gebrochen, war dann mit tausendfacher Helligkeit in die Augen des Feindes gefahren und hatte ihn für immer geblendet.

Von dem fürchterlichen Schmerzgeschrei geweckt, traten der König und auch die Prinzessin an die Fenster ihrer Schlafgemächer und erkundigten sich, was los sei.

Der Hauptmann der Wache gab dem König

einen kurzen Bericht. In der Zwischenzeit war die Prinzessin schon auf den Wehrgang geeilt.

Als sie die Gruppe erreichte, sah der junge Prinz aus dem Ostland sie voller Staunen an. Als erstes fielen ihm ihre Augen auf, wunderschöne große Augen, die ihn fragend ansahen. Er sah ihr liebliches Gesicht, dass von braunem Haar umspielt wurde, sah ihre liebliche Gestalt und war sofort in sie verliebt.

Der Jüngling lächelte sie an und sagte ihr, dass er aus dem Ostland gekommen sei, über den großen Strom, um sie wieder fröhlich zu machen.

Der König bat ihn in die große Halle. Dort berichtete der Wanderer, der nun sein Ziel erreicht hatte, von den Erlebnissen und Widrigkeiten seines langen Wegs, und je länger er erzählte, desto gelöster wurde das Gesicht der Prinzessin. Alle Trauer fiel von ihr ab und gespannt lauschte sie seinen Erzählungen vom Menschen verschlingenden Nebel etwa, vom alten Wassergeist, von der Hexe Miriam.

Mit Staunen hatte ihr Vater die Veränderung im Verhalten der Tochter registriert, sah in ihren Augen das glückliche Lächeln. Ganz leise stand er schließlich auf, gab seinen Leuten ein Zeichen, ihm zu folgen, und alle verließen den Raum.

Der König wollte die beiden Vertrauten nicht länger stören, deren Hände sich längst gefunden hatten. An der Tür blickte er noch einmal zurück und sah zu seiner großen Freude, wie der Junge seiner Tochter den Zauberring mit dem „Auge der Liebe" an den Finger steckte, sie ihm sanft über die Wange streichelte und ohne ein Wort zu sagen in seine Arme sank. Nun wusste der König, dass seine Tochter ihr Glück gefunden hatte."

+++

Längst war das Feuer im Kamin in sich zusammen gefallen. Keiner hatte darauf geachtet, weil alle an den Lippen des Erzählers gehangen und mit gelitten, mit gekämpft und schließlich die Prinzessin mit tiefstem Aufatmen mit erlöst hatten. Der Hausherr schürte die Glut jetzt auf und warf einige Scheite nach. Bald loderten wieder helle Flammen, tanzten auf den Holzklötzen wie Irrwische hin und her und auf und ab, sprangen lustig eines über die andere, tobten schließlich ausgelassen zum Schornstein hinaus, so als freuten auch sie sich mit dem glücklichen Paar.

Das laute Knacken des Holzes klang fast so, als ob vor Freude in die Hände geklatscht würde. Die wohlige Wärme kroch in alle Ecken, vertrieb die Kälte, die sich schon in den entfernten Winkeln bereit gemacht hatte, vom Haus wieder Besitz zu ergreifen, sobald die Jagdgesellschaft abgerückt war.

Die auflodernden Flammen erhellten den Wohnraum und spiegelten sich auf den Gesichtern der Gäste wieder, die sich nun, als wären sie - genau wie das Feuer - aufgeschürt worden, miteinander unterhielten, dem Wein zusprachen und sich auch Brot und Speck, die von der Gastgeberin auf den Tisch gestellt wurden, schmecken ließen.

Der dritte Jagdgast, der jetzt an der Reihe war, eine Geschichte zum Besten zu geben, holte sich noch ein Glas Wein und begann mit seiner Erzählung.

… und die Liebe siegt doch!

„Viele Tagereisen von hier im Reiche des Schneekönigs, in den himmelhohen Bergen weit im Süden, in dem Myriaden von Eiskristallen am Tag die Strahlen der Sonne so stark und gleißend reflektieren wie Millionen von Diamanten, und die nachts beim bleichen Licht des Mondes das Land in pures Silber verwandeln, lebte einst ein Edelmann, der im Dienste des Königs allerlei Handelsdinge zu erledigen hatte. Dieser Edelmann hatte eine wunderschöne Tochter mit samtener Haut und braunem Haar, das wie Seide war.

Das Kind wuchs in der Einsamkeit und Abgeschiedenheit des elterlichen Wohnsitzes ohne viel Ansprache auf. Nur ihre alte Amme, die mit im Hause lebte, war ihr sehr zugetan und liebte die Comtesse wie ihr eigenes Kind. Auch das Mädchen hatte die Alte sehr lieb, war es doch sie gewesen, die der Comtesse bei allen Problemen geholfen hatte, die einem jungen Wildfang widerfahren können.

Bei der Geburt des Mädchens hatte die Alte so merkwürdige Namen geflüstert und die

Hilfe Roerebronds, des mächtigen Geistes der Berge, und Merliburs, des Herrn des Eises, für das Kind erfleht.
Und die beiden mächtigen Berggeister mussten das Kind wirklich in ihr Herz geschlossen haben, denn wie wild das Mädchen auch immer in den Bergen herum tobte als sie heranwuchs, es ist ihr nie etwas Ernstes passiert. Ob sie steile Hänge hinab lief oder auf glatten Steinen einen reißenden Bach überqueren musste, weil die Brücke fortgerissen worden war, immer glaubte sie eine helfende Hand in ihrer Nähe.
Die Comtesse wuchs zu einer wirklichen Schönheit heran und bei den wenigen Besuchen, die sie mit ihrer Familie am Hofe des Königs machte, hinterließ sie großen Eindruck, obwohl sie – wie es ihrer Art entsprach – nur sehr wenig redete. Nach solchen Besuchen war die Comtesse jedes Mal froh, wieder in ihr Reich zu kommen.
Sie zog die vornehmen Kleider sofort aus, schlüpfte in Hose und Hemd und lief in die Berge, um den Tieren zu erzählen, welch

wunderliche Sachen sie am Hofe des Schneekönigs gesehen hatte, und wie geziert die Menschen sich dort anzogen und benahmen. Zu ihrem Leidwesen nahm der Vater sie nun immer öfter zu kleinen Geschäften und dann auch zu Gesellschaften am Hofe mit. So mancher männliche Spross des Adels bemühte sich, mehr für die Comtesse zu sein, als nur einer unter vielen, die sich in ihre Nähe drängten.

Und eines Tages war es dann geschehen. Ein Mann wurde ihr vorgestellt, in den sie sich verliebte. Sie konnte selber nicht sagen, was es eigentlich gewesen war, dass sie für ihn eingenommen hatte. Vielleicht war es einfach die Art gewesen, wie er sie angeschaut hatte, wie sich ihre Blicke gefunden hatten und nicht mehr voneinander lassen konnten. Vom ersten Gespräch, bei dem sich vorsichtig ihre Hände berührt hatten, über geheime Spaziergänge Hand in Hand, Arm in Arm aneinander geschmiegt, bis hin zu stundenlangen gemeinsamen Ausritten und

Kutschfahrten, bei denen – wie sie oft schmunzelnd feststellte – es wohl nicht darum ging, die Landschaft zu genießen, durchlebten sie alle Stadien des „Verliebtseins" bis zu dem Punkt, an dem sie beide sicher waren und es sich auch gestanden, dass keiner mehr ohne den anderen leben konnte.

Und dann entdeckte ihr Vater die Heimlichkeiten. Er wurde fuchsteufelswild, da dies nicht in seine Pläne passte. Er hatte nämlich längst einen Bräutigam für seine Tochter ausgesucht und war sich mit ihm einig geworden. Es war ein Berater des Königs, der bei Hofe sehr angesehen war. Die Comtesse war so entsetzt über dieses Vorhaben, so tief enttäuscht, dass sie einfach als Handelsware gesehen wurde, dass es zu großen Auseinandersetzungen mit dem Vater kam. Das Verhältnis der beiden zueinander war niemals sehr eng gewesen, doch jetzt wurde es eisig. Zu guter Letzt, als der Vater merkte, dass seine Tochter niemals einlenken würde, befahl er einem Knecht, die Comtesse zur

Insel Borengonia im eisigen Nordmeer zu bringen. Ihr Starrsinn sollte so bestraft werden.

Auf dieser düster bedrohlichen Insel, die auch die eisige „Heimat der Nebel" genannt wurde, lag ein fürchterlicher Bann.

Schier unüberwindliche Urgewalten und böse Kräfte hielten jedes Lebewesen, ob Mensch oder Tier, das einmal auf die Insel gelangt war, darauf fest und ließen es bei einem Fluchtversuch zugrunde gehen. Man erzählte von Menschen verschlingenden Nebeln, von grundlosen Sümpfen, von feuerspeienden Fontänen, von mörderischen Strudeln und alles zerschlagenden Grundseen. Auf dieses verfluchte Eiland ließ in seiner Wut und Verbitterung der Vater seine Tochter bringen. Nur die alte Amme durfte die Comtesse begleiten. Es war gleichzeitig auch als Strafe für sie gedacht, weil sie die Heimlichkeiten seiner Tochter geteilt hatte.

Der finstere Erfüllungsgehilfe des Vaters erhielt genaue Anweisungen, wie er verfahren solle, damit er nicht auch in den

Bann der Insel geriet. Und alles geschah wie angeordnet. Der Knecht konnte nachher berichten, dass er mit eigenen Augen gesehen habe, wie das mit Vorräten schwer beladene Boot von einem gewaltigen Sog erfasst wurde, der es in Richtung Insel zog und wie die Nebelschwaden wie mit tausend gierigen Händen nach den kleinen Menschlein gegriffen hatten.

Für den Liebsten der Comtesse brach eine Welt zusammen. Sie, die für ihn alles bedeutete, war verschwunden. Von dem grausamen Vater erfuhr er kein Wort, wie oft er auch versuchte, zu ihm durchzudringen. Alles war leer, alles war ohne Sinn. Er vernachlässigte seine Arbeit, seine Kleidung, tobte in blinder Verzweifelung durch die Wälder, hieb Äste mit dem Schwert ab und köpfte junge Bäume.
Er schrie immer wieder ihren Namen, und von den Höhen und aus den Wäldern hörten die Leute seine verzweifelten Rufe. Seine Stimme wurde immer heiserer, sodass es bald klang wie das qualvolle

Röhren eines weidwunden Hirsches.

Als er am dritten Tag des Wütens total erschöpft mit zerrissenen Kleidern und wirren, vor Schweiß klebenden Haaren zu seinem Haus zurückkam, rannte ihm sein Diener mit einem Zettel in der Hand entgegen, den eine Brieftaube gebracht hatte. Total zerzaust und abgemagert wie von einem langen Flug war sie im Taubenschlag angekommen und hatte den Zettel in der kleinen Hülse am Bein gehabt. Schnell ergriff der Verzweifelte das Stück Papier. Nur mit Mühe brachte er in die eilig hingeworfenen Zeilen einen Sinn. Die Comtesse saß also auf der Insel Borengonia und wurde von schwarzen Mächten bewacht. Der Amme war es wohl in letzter Sekunde vor der Einschiffung gelungen, die vorliegende Nachricht abzuschicken.

Endlich wusste er, wo seine Liebste war. Er würde sie befreien, koste es was es wolle. Er kannte jetzt nur noch ein Ziel, setzte seine ganze Energie ein, um Informationen über die geheimnisvolle Insel zu bekommen. Er suchte in seiner Bibliothek nach Büchern über die Insel und fand einige uralte und schon wurmstichige Folianten, die von vielen Geheimnissen und ihren Lösungen wussten. Er las dort ziemlich Erschreckendes über die „Insel des Nebels". Sie war bewacht von „Gwandimar", dem Herrn des Nebels, der mit der ganzen Brut der ihm untergebenen Geister sein Reich verteidigte und jeden umbrachte, der seiner Gewalt entfliehen wollte. Es wurde von Drachen und anderen schrecklichen Gefahren berichtet, die Gwandimar zu Gebote standen.

Plötzlich fielen ihm einige geheimnisvolle Zeichen in einer alten verschnörkelten Schrift auf, die schon fast verblasst und kaum mehr lesbar an den Buchrand geschrieben standen. Er sah ein gleichschenkliges Dreieck mit einem strahlenden Stern im Zentrum, und er las die ihm unverständlichen Wörter:

„Behuwar", „Mortiler" „Zelifus".

Er versuchte, die Wörter zu ergründen, vergaß die Zeit, vergaß das Essen, das sein Diener ihm gebracht hatte, vergaß die Welt um sich herum.

Es wurde Nacht und wieder Tag und erst als sich auch dieser Tag zum Abend neigte, und die grauen Schatten heraufzogen, da glaubte er aus vielen Hinweisen einen möglichen Weg zur Befreiung seiner Geliebten gefunden zu haben.

Er war jetzt sehr zuversichtlich und nach einem erquickenden Schlaf, dem ersten seit dem Verschwinden der Comtesse, brach er am Morgen mit seinem Diener in Richtung Küste auf.

Dass die Schutzgeister seiner Liebsten auch ihm wohl gesonnen waren und sein Vorhaben unterstützten, merkte er bald. Der Herr des Eises hatte die Welt fest in seinem Griff. Alle Wasserflächen, Bäche und Seen waren zugefroren. So konnte er ohne zeitraubende Umwege das Ufer des eisigen Nordmeers erreichen. Auch ein Nachen war bald gefunden, eine kleine Besegelung gesetzt, die die Ruderarbeit unterstützen sollte. Stürmische Fallwinde aus dem Gebirge, der Atem „Roerebronds" also, trieben das Boot an. Der Menschen verschlingende Nebel wurde weggeblasen, die gierigen Strudel geglättet und ehe der Retter es sich versah, knirschte der Kiel des Schiffchens schon auf den Strand des unwirtlichen Eilands.

Die See versuchte noch einmal ihre Beute zurück zu gewinnen, indem sie einige riesige Brecher hinter den Menschlein ans Ufer donnern ließ. Sie schaffte es auch, das Boot zu zerstören, dem jungen Ungestüm konnte sie allerdings nichts mehr anhaben, denn der war bereits, seinen Diener hinter sich herziehend, auf das höhere Ufer gesprungen und suchte schon nach einem Weg ins Landesinnere.

Als er noch einmal zum Wasser zurückblickte, fiel ihm ein Glitzern auf. Die Wucht des Wassers hatte den Moos- und Tangbelag von den Steinen am Ufer weggespült, und im Sand glänzte ein flacher, weißer, völlig regelmäßiger Stein in Form eines gleichschenkeligen Dreiecks

mit einem Edelstein genau in der Mitte. Das war der Stein „Behuwar", von dessen magischen Kräften und der ungeheueren Leuchtkraft in den alten Büchern berichtet worden war. Er war sich ganz sicher!
Dass er ihn gefunden hatte, war ein gutes Zeichen. Er hob den Stein auf und steckte ihn sorgfältig in sein Wams.
Sein Weg führte ihn nun den Küstenabsturz hinauf ins Innere der Insel. Ganz im Vertrauen auf die Schutzgeister aller Liebenden und auf „Roerebrond" und „Merlibur" setzte er seinen Weg fort in die trostlose Einöde.
Das Moor war vom Eiswind erstarrt und die sonst glühend heißen Geysire standen als riesige Eissäulen am Weg.
Unbeirrt ging er weiter, bis er zu einem aus grauen Basaltquadern errichteten düsteren Gebäude kam. Der Eiswind rüttelte an den Fensterläden, wie um die Insassen zu wecken, und plötzlich ging die Tür auf.
Er brauchte nur noch die Arme auszustrecken und die Comtesse, seine Liebste, sank ihm mit glücklichem Seufzer

entgegen.
„Ich wusste, dass Du unterwegs warst, um mich zu retten. „Merlibur" tobt schon die ganze Zeit über die Insel und ich wusste, dass Du es mit seiner Hilfe schaffen würdest, mich zu finden." Sie herzten und küssten sich und die alte Amme und sein Diener schauten glücklich lächelnd zu."

Auch in der Hütte in den verschneiten Bergen herrschte eitel Freude. Ein befreites Gemurmel war zu hören und der Wein mundete umso besser. Man trank einander zu und freute sich schon darauf, das glückliche Ende der Geschichte zu hören.
Doch diese Erwartung wurde vom Erzähler sofort gedämpft. Sein erster Satz beim Weitererzählen weckte wieder Zweifel in den Zuhörern, dass diese Geschichte gut ausgehen könne.

„Der erste und kleinere Teil der Rettungsaktion war nun geschafft. Doch es sollte noch sehr, sehr schlimm werden, und schier unüberwindliche Hindernisse sollten ihnen noch entgegentreten.

Aber jetzt, in der Wiedersehensfreude, waren zuerst einmal alle Ängste vergessen. Sie streichelten sich und über ihre Wangen rannen bei beiden Tränen der Freude wie kostbare Edelsteine. Jedwede Furcht war vertrieben. Sie berichtete, wie es ihr ergangen war und er ihr von seiner schrecklichen Furcht, sie für immer verloren zu haben, vom Entdecken der geheimnisvollen Wörter und auch, dass er den Stein „Behuwar" schon auf wundersame Weise gefunden habe.

Als er vom Zauberberg „Mortiler" sprach, der eine gespaltene Spitze habe und von dem geschrieben stehe, dass durch dessen Spalt genau der letzte Sonnenstrahl der untergehenden Sonne am Tag der Sommersonnenwende fiele, da berichtete sie ihm ganz aufgeregt, dass sie diesen Berg auf einem Streifzug durch die Insel gesehen habe, wie er blutrot, wie mit Feuer übergossen, sich vom Horizont abhob. Die Kerbe in Form eines gleichschenkligen Dreiecks sei deutlich sichtbar gewesen. Nur dieses gewaltige Felsmassiv könne damit gemeint sein.

Doch was hatten der kleine Stein „Behuwar", der zwar die gleiche Form hatte wie der Bergausschnitt, und der Berg „Mortiler" mit seinem einzig möglichen Sonnenstrahl im Jahr miteinander zu tun? In drei Tagen war der Tag der Sommersonnenwende, und dann entschied sich ihr Schicksal, das spürte er. Nur in diesem einen Augenblick konnte es eine Verbindung zwischen dem Stein in seinem Wams und dem Berg geben.

Früh am Morgen brachen die Comtesse und ihr Liebster auf. Die beiden Alten ließen sie im Haus zurück mit dem Versprechen, sie sofort nachzuholen, wenn ein Ausweg gefunden sei.

Ihr Beschützer, der Eiswind, hielt weiter die Insel fest in seiner Gewalt, sodass sie gut voran kamen.

Am Abend, nach langer Wanderung, waren sie sehr erschöpft und drängten sich aneinander, mit einer Pferdedecke, die er wohlweislich mitgenommen hatte, notdürftig gegen die Kälte geschützt.

Die Nacht war kurz, da wegen der beißenden Kälte an Schlaf nicht zu denken war. Sie machten sich früh wieder auf den Weg, denn beim Gehen würde ihnen am schnellsten warm.

Der Tag verging wie der vorherige. Zwei Gestalten bewegten sich eng aneinander gedrückt in Richtung Berge, und als sie schon glaubten, keinen Fuß mehr vor den anderen setzen zu können, da endlich war in der Dämmerung der Fuß des ersten der zwei Vorgipfel des alles überragenden „Mortiler" erreicht. Schnell zündeten sie ein Feuer aus dürren Zweigen an und wärmten ihre erstarrten und todmüden Gliedmaßen. Die wohlige Wärme tat ihnen gut und beide fielen schnell in einen tiefen, erfrischenden Schlaf.

Schon beim ersten Morgengrauen erhoben sie sich und folgten einem schmalen

Ziegenpfad, der sich in der Nähe ihres Lagerplatzes den Berg hinauf wand. Vorbei an furchterregenden Abstürzen und schier unüberwindlich steilen Felswänden kämpften sie sich mühsam in die Höhe. Ein Fehltritt hätte den sicheren Tod bedeutet. Ganz plötzlich, nachdem sie eine besonders schwierige Stelle bewältigt hatten und der Pfad unvermittelt endete, sahen sie vor sich im senkrechten Fels den Eingang einer Höhle, dunkel und bedrohlich.

Trotz ihres Unbehagens gingen sie vorsichtig hinein. Der Stollen lief zuerst geradeaus in den Berg. Sie sahen sich immer wieder ängstlich nach dem Eingang um, wie um sich zu vergewissern, dass nichts ihnen den Rückweg versperre. Es fiel ihnen auf, dass sie durch die Eingangsöffnung immer die gespaltene Spitze des Hauptgipfels auf der anderen Seite des Tals sehen konnten.

Kurz vor einer Abbiegung fanden sie in der Wand, etwa in Kopfhöhe, eine völlig regelmäßige, dreieckige Auskerbung, die genau die Größe des Steines „Behuwar" hatte. Das konnte kein Zufall sein.

Der junge Mann holte den Stein aus seinem Wams, presste ihn in die Vertiefung, und er passte ganz genau hinein. Der Edelstein im Zentrum des Dreiecks funkelte nun im hereinfallenden Lichtschein. Tausende von Bergkristallen in den Wänden glühten im Widerschein auf wie kleine Lämpchen und versorgten den Gang nun mit einem spärlichen Licht.

Der Weg fiel nun steil ab. Grob behauene, sehr unterschiedlich hohe Stufen führten in die Tiefe.

Je weiter sie nach unten kamen, desto heißer und feuchter wurde es. Ein ekelerregender Schwefelgeruch schlug ihnen entgegen, wurde immer stärker. Auch hörten sie ein eigenartiges Schnauben. Es wurde immer lauter und lauter und plötzlich sahen sie den Urheber.

Ein riesiges Ungeheuer von fast drei Metern Höhe stand aufrecht in ihrem Weg. Es hatte einen riesigen Drachenkopf mit einem einzigen Auge in der Stirn und

riesige Reißzähne in seinen überdimensionalen Kiefern. Aus den Nüstern quoll bei jedem Atemstoß gelblicher, nach Schwefel stinkender Qualm. „Zelifus" stand auf zwei mächtigen Beinen mit krallenartigen Füßen, deren Zehen mit riesigen Klauen bewehrt waren. Um seinen Hals trug es ein mächtiges Halsband aus schwerem Eisen und um beide Unterschenkel Fußfesseln. An die Bänder waren schwere Ketten geschmiedet, die rechts und links an den Wänden befestigt waren.
Seine vor Muskeln strotzenden Arme versuchten sofort, die beiden Eindringlinge zu greifen. Wie riesige Zangen bewegten sich die klobigen Hände mit den messerscharfen, langen Krallen auf sie zu. Dabei zerrte das Monster in zunehmender Wut an den schweren Ketten. Auch sein Kopf ruckte immer hin und her, vor und zurück, um los zu kommen.
In lähmendem Entsetzen waren die beiden Menschlein erstarrt und nicht mehr in der Lage, sich zu bewegen. Und noch bevor die Comtesse reagieren konnte, ergriff eine der

Krallenhände ihren Arm und zog sie zu sich heran.

Plötzlich geschah etwas Merkwürdiges: Der Gang war mit einem nie gehörten Sirren, mit ohrenbetäubendem Zischen und Knistern und mit übernatürlicher Helligkeit erfüllt, und ein Blitz, heller als tausend Sonnen, fuhr dem Ungeheuer in das Auge.

Beide Menschlein begriffen sofort, was passiert war. Der letzte Sonnenstrahl der untergehenden Sonne am Tag der Sommersonnenwende war durch den rechtwinkligen Spalt im Gipfel des Berges „Mortiler" gefallen, im Höhleneingang auf den Diamanten im Stein „Behuwar" getroffen und, durch diesen tausendfach verstärkt, ihnen zur Hilfe gekommen. Das Ungeheuer „Zelifus" war geblendet. Der Drachenmensch brüllte vor Schmerzen. Er brüllte so laut und tobte so irrsinnig an seinen Ketten, dass der Berg erzitterte und Steinbrocken aus der Decke stürzten.

An die Wand gedrückt glitten die beiden Menschlein vorwärts, drückten sich an dem Ungeheuer vorbei und liefen dann so

schnell sie konnten, bis das Brüllen und Kettenklirren etwas leiser wurde.
Doch die Erleichterung über ihre Rettung dauerte nur wenige Augenblicke.
Unversehens brach vor ihnen der Boden des Stollens ein. Durch die Erschütterungen beim schrecklichen Toben des Ungeheuers klaffte ein riesiges Loch im Erdboden auf, dessen Ränder immer weiter wegbrachen und in der Tiefe verschwanden. Und auch die beiden Liebenden an der Abbruchkante wurden mitgerissen. Mit letzter Kraft gelang es dem jungen Mann, seine Liebste noch nach hinten auf festen Boden zu stoßen, dann rutschte er endgültig ab. Im Fallen hob er noch einmal den Kopf, lächelte sie an und stürzte dann in die schwarze Tiefe.
Die Comtesse hatte sich auf den Boden geworfen, wollte noch nach ihm greifen, doch da war er schon verschwunden.
Erstarrt vor Entsetzen blieb sie auf der Erde liegen. Nun war ihr wohl endgültig das Liebste, das sie auf der Welt hatte, genommen worden. Wofür sollte sie noch

leben? Ohne sein Lächeln, ohne seine Zärtlichkeit, ohne seine Liebe würde ihr Leben leer sein. Sie würde verdorren wie eine Blume ohne Sonne und ohne Wasser.
Sie wollte ihm, ihrem Geliebten, ihrem Freund, ihrem Retter nahe sein, wollte für immer bei ihm sein, wenn schon nicht im Leben, dann eben im Tod.
Sie rutschte mit dem Oberkörper weiter über den Rand des Abgrunds, rief hinunter: „Liebster, ich komme!" und ließ sich dann einfach hinabfallen. Sie hörte noch für einen Moment den Widerhall ihrer eigenen Stimme, so, als ob die Felsen ihr Antwort gäben, und dann verlor sie das Bewusstsein."

Der Erzähler verstummte und die Zuhörer in der Jagdhütte waren zutiefst enttäuscht, das konnte man deutlich spüren. Sie schüttelten ihre Köpfe, ohne ein Wort zu sagen und schauten vor sich auf den Tisch. Keiner sah den anderen an, aber alle dachten dasselbe. Sollte wirklich diese kühne Rettungstat mit dem Tod der Liebenden geendet haben?

Ein Aufatmen ging durch den Raum beim ersten Satz, mit dem der Erzähler nun fortfuhr.

„Als sie die Augen wieder aufschlug, lag sie auf einer herrlichen Bergwiese voller Blumen und duftenden Gräsern. Sie spürte eine leichte Bewegung neben sich, drehte den Kopf zur Seite und sah ihrem Liebsten direkt in die erstaunt blickenden Augen. Ihre Hände tasteten sich zueinander. „Wo sind wir, Liebster?"

Doch bevor er antworten konnte, hörten sie das leise Wispern eines hellen Stimmchens.

„Das werde wohl ich Euch beantworten

müssen."

Vor ihnen im Gras - kaum drei Spann hoch - stand ein kleines Männlein mit einem langen weißen Bart.

„Ihr seid im Reich der Trolls gelandet. Wir haben Euer Leben retten dürfen, weil jeder von Euch bereit war, sein Leben für den anderen zu geben. „Gea", die ewige Erdmutter, ist unsere Herrin, und wir wachen in ihrem Auftrag über alle Liebenden und über alle Menschen, die für einander bestimmt sind. Manchmal dürfen wir auch Schicksal spielen, wenn sich zwei Menschen allzu dumm anstellen und nicht zueinander finden können. Doch nun erhebt Euch, wir haben bei unseren Häuschen eine kleine Stärkung für Euch vorbereitet."

Er drehte sich um, lief durch das Gras den Abhang hinunter, und sie hatten Mühe, ihm zu folgen.

Nach kurzer Zeit standen sie vor einer Anzahl kleiner Häuschen, jedes in einem anderen Stil erbaut. Es waren die Häuser der Trolle, so winzig, dass Menschen nicht hinein passten. Die beiden glücklichen

Liebenden schauten durch die Fenster und bewunderten die zierliche Einrichtung.

Die Comtesse setzte sich sogar ausgelassen lachend bei einem der vorderen Häuser auf das Dach.

Auf einer sorgsam gepflegten Wiese waren auf einem großen Tuch köstliche Speisen aufgetischt und in irdenen Krügen gekühlte Getränke bereitgestellt worden. Von einer wohl duftenden Holundersuppe, über verschiedene Fleischgerichte bis zum „Rüblikuchen" als Nachspeise war alles vorhanden. Köstlicher, leicht pfeffrig schmeckender Veltliner Weißwein wurde kredenzt, und sie ließen es sich munden.

Nach dem Schmaus führte sie der Troll in eine riesige Höhle im Berg. „Hier arbeiten wir".

Er zeigte zur Decke der Höhle, die einer riesigen Landkarte glich. Überall sahen sie Bergkristalle, die aufglühten und andere, die wieder verlöschten. „Jedes Licht ist ein Liebespaar. So mancher Bergkristall, wie Ihr sie ja schon im Stollen oben gesehen habt, glüht auf und verlischt dann aber auch bald wieder. Die besonders hellen leuchten auf und strahlen dann für immer und ewig. Lichter wie das eurige überstrahlen alle anderen durch ihre Intensität. Die beiden Menschen standen aneinander gelehnt mit staunenden Augen da und konnten sich nicht satt sehen. Sie freuten sich mit, wenn ein Licht aufleuchtete und wurden traurig, wenn ein anderes wieder erlosch, und küssten sich vor Freude, wenn aus einem schwachen Glimmen ein helles Leuchten wurde.

Der kleine Troll ließ sie eine Weile gewähren, zupfte aber schließlich den Mann an seinem Wams und sagte:

„Wir müssen jetzt gehen, denn wir haben noch einen weiten Weg vor uns, und draußen warten noch zwei Menschen auf Euch".

Sie verließen mit einem leichten Bedauern die Höhle, aber wie groß war ihre Freude, als sie draußen auf einem Wägelchen ihre Amme und seinen Diener sitzen sahen, die die Trolls am geblendeten Ungeheuer „Zelifus" vorbei hierher gebracht hatten.

Das Männlein schwang sich auf den Kutschbock, die beiden Liebenden zwängten sich noch hinten zu den Alten, und flugs setzten sich die Zugpferde, 24 herrliche Zwergrappen, in Bewegung.

Die Fahrt war lang und das Schaukeln des Wagens machte alle Menschen schläfrig. Sie schlossen ihre Augen, und trotz des Rumpelns waren sie bald fest eingeschlafen.

Die Liebenden wurden nicht eher wach, als bis die Strahlen der hellen Sonne durch die Fenster fielen, sie in die Nasen zwickten und sie wach kitzelten. Sie befanden sich in seinem Haus im Reich des Schneekönigs, und draußen gleißten die Bergriesen in vertrauter Helligkeit. Sie sprangen ans Fenster, lachten und küssten sich und begriffen allmählich, dass ihre Leidensgeschichte und die Angst um ihre Liebe vorbei waren.

Um den Hals aber, an einer goldenen Kette, trugen von da ab beide das Geschenk der Trolle.

Auf zwei Goldplättchen war mit ihrem

eigenen Bergkristall der Umriss des Berges „Mortiler" eingeritzt, und sie würden immer an die Abschiedsworte der Erdmännchen denken:
„Wenn Ihr kleinmütig werdet, einer an der Liebe des anderen oder an sich selbst zweifelt, nehmt Euren Berg in die Hand, und seine Kraft wird Euch stärken, Eure Liebe wird wieder aufblühen und alles wird wieder gut".

++++++

Die Augen der Zuhörer glänzten. Man prostete sich zu und war sich einig, noch nie zwei so erfüllte Tage verbracht zu haben, wie diese beiden in der durch das Wetter erzwungenen Abgeschiedenheit der Berghütte.

Trotz der Kälte bat der Hausherr seine Gäste vor die Hütte, um ihnen den übervollen Sternenhimmel zu zeigen, der sich jetzt über ihnen spannte.

Jeder der Anwesenden suchte unwillkürlich am Himmel nach dem Aufleuchten von Lichtern, wie sie es aus dem Reich der Trolls berichtet bekommen hatten, und jedes der Paare war fest davon überzeugt, das der am hellsten leuchtende Stern ihr Liebesstern sei.

Der alte Mond lächelte breit und zufrieden, als er die Versammlung sah. Das war ein Abend so ganz nach seinem Geschmack! Auch er genoss diese zauberhafte Friedsamkeit unter dem Glitzern der

Sterne nach diesem fürchterlichen Schneegestöber der letzten Tage. Er tauchte die ganze gottbegnadete Landschaft, die tief verschneiten Wiesen, die Büsche und Bäume mit ihren dicken Schneehauben und die Bergriesen mit ihrem ewigen Eis in pures Silber. Nach einem letzten Schlummertrunk gingen alle zu Bett und schliefen tief und fest bis in den hellen Morgen. In ihren Träumen sahen sie natürlich, wie ihr Liebesstern am Firmament hell erstrahlte und mancher von ihnen lächelte sogar selig im Traum.

Die strahlende Wintersonne lachte von einem azurblauen Himmel, als die Gesellschaft sich nach einem ausgiebigen Frühstück für den Abstieg ins Tal fertig machte.

Alle waren in sich gekehrt und voller Wehmut, denn jeder spürte, dass etwas Unwiederbringliches vorüber war.

Herstellung und Verlag:
BoD - Books on Demand, Norderstedt
ISBN 978-3-7347-7642-7